託された子は、陰陽師!?
出雲に新月が昇る夜

望月麻衣

ポプラ文庫ピュアフル

JN230646

今にも飛び降りようと屋上の手すりから身を乗り出している女性の手をつかんで、

「何をやってるんだ、死ぬぞ！」

そう怒鳴ると、

「死ぬつもりなんです！」

彼女は泣きながら振り返った。

その姿に驚いた。

まだ、歳の頃は十四、五くらい。

白無垢を纏い、朱《あか》い口紅という花嫁姿。

何より、息を呑むほどに美しい少女だった。

——それが、小夜子《さよこ》との出会いだった。

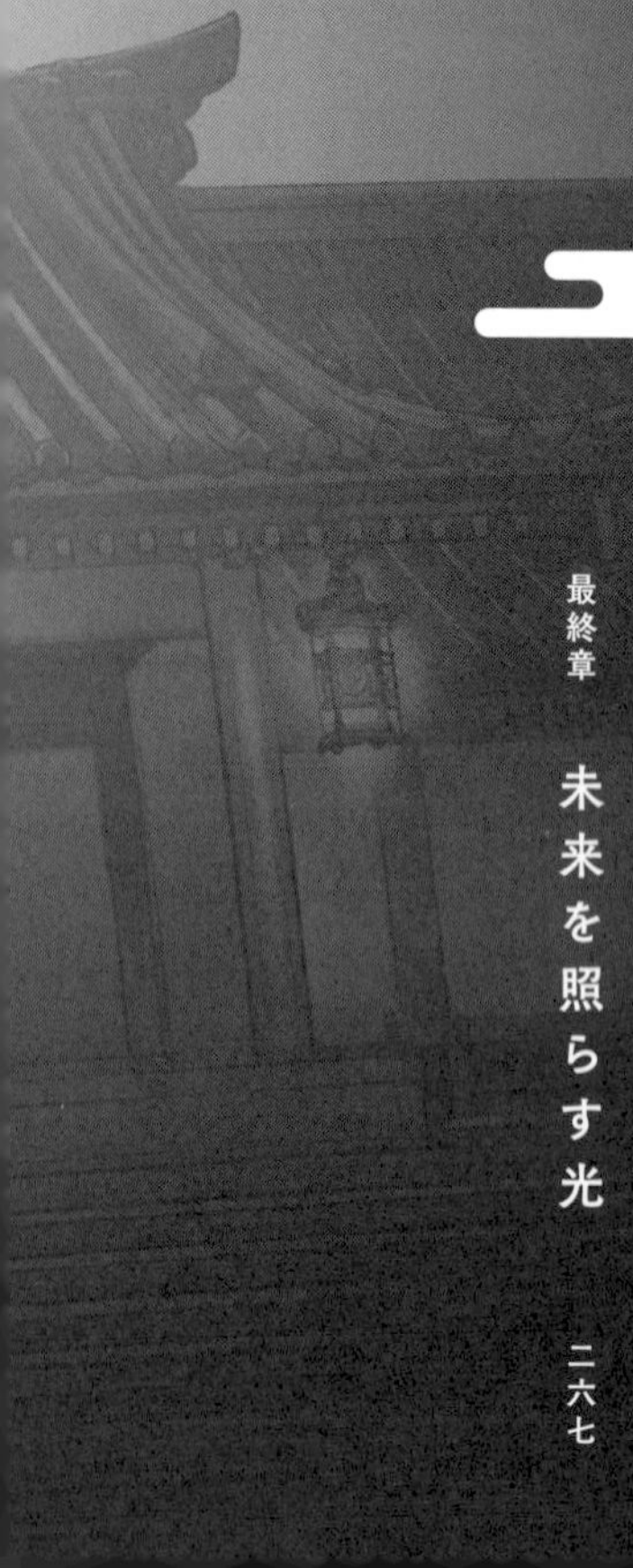

目次

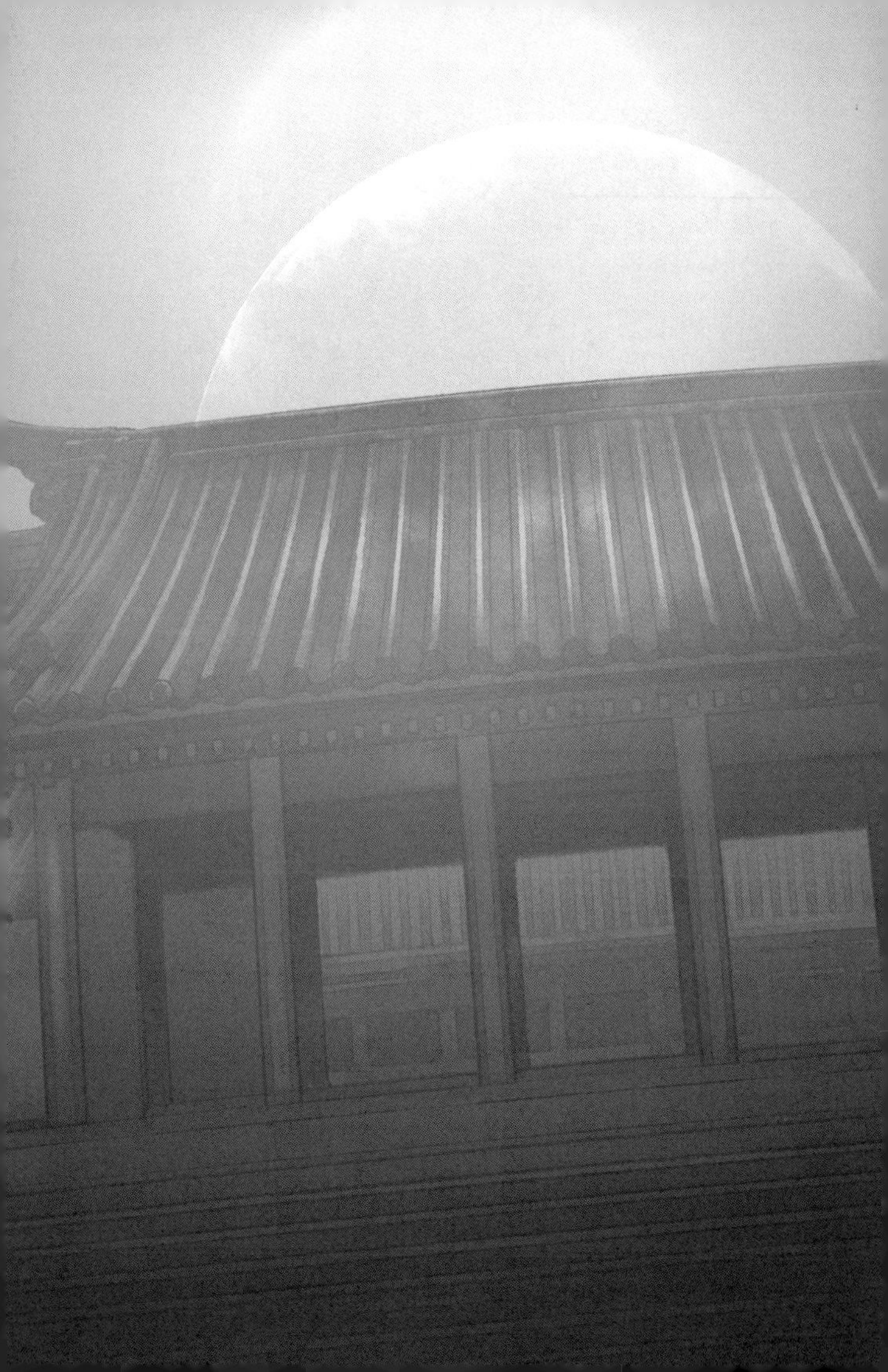

第一章　出会い

1

――一九九五年、東京。

朝の時点では、何の変哲もない一日を過ごすことになりそうだった。

とくに予定も約束もない、昨日と同じ一日。

それなのに……。

久瀬《くぜ》学《まなぶ》は淹《い》れたばかりのコーヒーカップを手に、何を見るでもなく、窓の外に目を向ける。

交差点で信号待ちをするサラリーマンや学生の姿、強風を気にして短いスカートを懸命に押さえる女子高生を眼下に見て、苦笑した。

そんなに気になるなら、短いスカートを穿かなければいいのに……。

小さく息をつくと同時に、そんな若々しい女子高生の姿に、あえて思い出さぬように努めていた記憶を呼び覚まされそうになり、窓から目を背けた。

朝七時に起きて、まだ寝惚け眼のままシャワーを浴び、コーヒーをゆっくり飲む。

いつもと何ら変わらない朝。

それなのに目覚めたときから感じる、ザワザワとした胸騒ぎ。

動物は地震を予知してその地を去るというが、自分もそうらしい。

何かが起こる気がして落ち着かないが、何が起こるかは分からない。自分が動物ならばこの場所から逃げ出すかもしれない。

この感覚は初めてではなかった。

何か大きな変化がある日の朝は決まって、目覚めと同時に『胸騒ぎ』がした。

母が他界した日、父が再婚相手を連れてきた日……そして小夜子が現れた日、すべての朝に、この奇妙な感覚を味わった。

小夜子、か――。

突然、香り高く美味だったコーヒーが苦いだけのものに変化したかのように感じて、学は顔を強張らせる。

彼女の姿を思い浮かべると、今もまだ胸が痛み自嘲気味に笑う。

あれから、六年。

いい加減、吹っ切れてもいい頃だ。

気持ちを切り換えるようにコーヒーをグイッと飲み干し、壁掛けカレンダーに目を向け、関西大震災（後に阪神《はんしん》・淡路《あわじ》大震災と呼ばれる）からもう約三ヶ月が過ぎたことを実感した。

今年、一九九五年の幕開けは大変なものだった。

唯一の身内である父が関西にいるため、震災のニュースが伝えられた朝は息が止まるほどの衝撃を受けた。

父は現在再婚した妻とともに京都に住んでいる。もともとは都内の大学で教鞭を執っていたが、数年前に京都の大学に移ったのだ。

そのとき、学は大学の研究室にいた。

自分は都内の薬科大学に通う院生で、その日は薬学会の準備に追われ、教授や他の学生とともに研究室で一夜を明かしていたのだ。

怒濤のような作業も朝八時頃にはある程度目処がつき、皆が一息ついていた頃、突然、乱暴にドアが開けられ、他学部の友人が血相を変えて声を上げた。

「関西で大地震が起こったらしいぞ！」

唐突すぎて一瞬、何を言われたか分からなかった。

それは自分だけでなく、徹夜明けのせいか、皆が彼の言葉の重さにピンと来ないまま顔を見合わせていた。

その反応に不満を感じた友人は、イライラしながら研究室のテレビをつけるよう捲し立てる。

急かされるままにテレビをつけると、どこのチャンネルも地震のニュース一色だった。

画面右下の『兵庫県南部地震！』という、書き殴られたような赤字のロゴが目に入るよりも先に衝撃の映像が飛びこんでくる。

横倒れになった家に、折れるように落ちた陸橋、ただの残骸と化した建物。

リポーターの悲痛な声などかき消されるほど、映像はすべてを伝えていた。

これが現実に起こったニュースだとはにわかに信じがたく、皆は一言も発しないまま立ち尽くす。

しばしの沈黙のあと、誰ともなしに関西に関わりがある者は公衆電話へと走った。

勿論、自分も電話へと急いだ。受話器を手にしながら指が震えてテレホンカードがなかなか差しこめなかったことをよく覚えている。

母を亡くし、このうえ父までと思うと、喉の奥に石がつかえているように呼吸が苦しくなった。

何度も電話をしたが、混線状態でなかなかつながらず、イライラが募る。

——父の住むマンションも崩れ落ちているのかもしれない。

最悪の事態を想像していると、研究室に残っていた友人が駆けてきた。

「教授が向こうの大学に連絡してくれて、お前の父さんが無事だってこと確認してくれたぞ！　京都は被害が少なかったみたいだ」

友人の言葉に張り詰めていた気持ちが一気に軟化する。

災害が起こった際に電話が混線状態になってしまうことが多いが、緊急連絡等のため、大学間の電話はつながりやすくしていることをこのとき初めて知った。

その後、想像を絶するほど多くの人が被害に遭っていることを知り、身内が無事だったからといって、たとえ一瞬でもすべて解決したような気持ちになっていた自分を恥じた。

震災被害者の中には今も病院に入院したままの人がいて、街も壊れたままの場所もあり、復興活動も思うように進んでいないようだ。

そして震災の衝撃が冷めやらぬ、先月三月二十日。都内の地下鉄にサリンが散布されるという、前代未聞の事件が起こった。

戦後から五十年目の今年は常に暗雲が立ちこめているかのようだ。

また、何かが起こるのだろうか？　もし、この地に災害が起こったら？

とはいえ、何を不安に思うことがあるのだろう。

この地で何かが起こったとしても、自分には失うものはないのだ。

心を許す友人も、愛する存在も、今はもういない——。

頭を掠めたふたりの姿に胸の中がじりり、と焦げるような痛みを覚えて、学は目を瞑る。

ちりりん、とアラーム音が鳴り、学は時計を確認した。

八時半。椅子に掛けてあるグレーのブレザーを手に取る。マンションを出て、そして目と鼻の先にある大学に向かう。

どこか不安な心中とは裏腹に、穏やかな朝だった。

2

宮下真美《みやしたまみ》は、『自分は今まで何不自由なく育ってきた』と常に実感していた。

住居は都内の高級住宅地の中でも一際目立つ豪邸。

有名政治家の父を持ち、優しく美しい母に、スマートで博識温厚な兄、祖父母に囲まれ、皆にかわいがられて育った。

充実した学習環境――小学校から現在の女子高校まで私立のエスカレーター校に通い、そのまま大学への進学も約束されている。

家に帰るとたくさんの使用人。困ることがない日常。

その気になれば欲しいものは何でも手に入れることができた。手に入らないものはないとまで思っていた。

そんな真美が生まれて初めて、いくら名声やお金があっても手に入らないものがあることに気付き、苦しい思いを抱いていた。

学校から帰ってきた真美は、制服姿のまま自分の部屋の大きなベッドに転がり、苦しさを埋めるかのようにクッションを強く抱き締め、そっとポケットの中の生徒手帳に忍ばせた写真を見る。

自然と熱い息が洩れた。

写真を眺めながら、ふとクラスメートの言葉を思い出す。

『ねぇ、真美、私たちに手に入らないものはないわ。好きな男だってそうよ、父親の名前を出したら男なんて皆、尻尾振って寄ってくるわよ』

得意満面の笑みを浮かべていた、同じくお嬢様育ちの友人。

──それは違う、と強く思った。

真美はお嬢様特有のわがままさを持ち合わせてはいたが、賢さと分別も持っていた。

親の名前に尻尾を振ってくる男なんて、所詮その程度の男。

好きな人には親の職業や家の財産に関係なく、私自身を見てもらいたい。

……私自身を好きになってもらいたい、とも思っていた。

写真に写る彼の姿──隠し撮りだが──を眺め再び熱い息をついた。

名声やお金で手に入らないもの。それは、好きな人の心……。

ポケットから手鏡を取り出し、今度は自分の顔を見つめる。

自惚れているわけではないが、かわいらしい顔立ちだと思う。

目は大きく、鼻筋も通っていて、艶のあるさくらんぼのような唇。

父は『まさに日本人』と思わせる切れ長の細い目に凹凸のない顔立ちだが、母は四十を越すというのに、フランス人形を思わせるようなそれは可憐な女性だった。

『パパとママは月とすっぽんだね』

　とからかうと、父は決まってこう言った。

『私の家は皇族の流れだからね、顔立ちも日本人らしくアッサリしているんだよ。たしかに今風の顔じゃないけど、高貴な容姿なんだぞ』

　その言葉はあながち嘘でもないらしく、我が宮下家は遠いながらも皇室とつながりがあるらしい。とはいえ政界で活躍する旧家としては珍しい話でもないようだった。

　そんな名家のお坊ちゃまだった父が母と出会ったのは高級ホテルのレストラン。

　母はそこで給仕しており、父はオーダーを取りにきた母に一目惚れをしたそうだ。

　その後、長い時間をかけて熱心にアプローチをし、交際に発展して、結婚に至ったらしい。

　だがその道は容易ではなかった。政略結婚が当然と考えられていたため、父の親や親戚から激しい反対に遭ったという。が、結局最後は父の熱意が勝った。

　当時、母はシンデレラのように言われたそうだ。

　真美の容姿は母によく似ていた。鏡を見る度に、『母に似てよかった』と思い、言葉には出さないが常に自分の容姿にも自信を持っていた。

　しかし今はそれを失いかけている。

身内や父の知人、クラスメートの女の子たちにいくら褒められたって、彼が『かわいい』と思ってくれるかは分からない。

それ以前に、彼は私のことを覚えているのだろうか？

真美は再び、大きく息をつく。

彼については、自分が通う高校のすぐ近くにある有名大学の大学院生であることと、名前しか分からない。


――出会いは雨の日だった。

学校帰りに買いものをする用事があり、いつも来る迎えの車を断っていた。

慣れない雨道で、足早に横断歩道を渡ろうとした際に、水溜まりに足を滑らせ勢いよく転倒したのだ。

傘は遠くへ転がり、全身は泥だらけ。通り過ぎる通行人は見て見ぬ振り。口端で笑う者すらいた。

恥ずかしさと情けなさにすぐに逃げ出したかったが腰を強く打ち、なかなか起き上がることができず、雨に打たれ泥だらけで横断歩道に座りこんでいるのは、このうえない屈辱だった。

信号が点滅しはじめたとき、誰かが傘を拾い、手を差しのべてくれた。

「あっ、すみません」

真美は恥ずかしさを抑えながら、助かった、とその手を取り、顔を上げた。

そのときの衝撃は、今も鮮やかに思い出すことができる。

王子様が目の前にいたのだ。

……ものすごくチープな表現だ。

でも、本当にそう思ってしまった。サラサラの髪にあっさりとした端整な顔立ち。スラリと高い背。

その素敵な彼は、「大丈夫?」と言葉少なに訊ねる。

「は、はい、ありがとうございます」

すでに横断歩道の信号は赤に変わっていた。

早く避《よ》けろといわんばかりに、車にクラクションを鳴らされ、慌てて歩道へと移動した。

彼はポケットからハンカチを取り出して真美の顔についた泥を優しく拭き取った。

鼓動は速くなり、まるでドラマのワンシーンのようだ、と真美は呼吸も忘れて彼を見つめる。

雨の音や車が走り去る音に負けないほど、真美の胸は強く音を立てていた。

顔の泥を拭き終えると彼は微笑し、「気をつけて」と真美に傘を渡してそのまま立ち去った。

その後ろ姿を眺めながら、真美は呆然と立ち尽くす。

お礼の言葉も言えぬまま、高鳴る胸の鼓動に目眩を覚えながら彼の背中を見送った。


そんな彼が、真美の通う高校からすぐ近くにある薬科大学の院生で、『久瀬学』という名前だと知ったのは数日後のことだ。

彼の情報は意外と簡単に知ることができた。同じ大学に進学した先輩が、彼を知っていたのだ。

真美は、学校帰りにその先輩を呼び出し、近くのファミレスで話を聞いた。

「なぁに、真美ちゃん、久瀬さんのこと好きなの？」

チョコレートパフェを口に運びながら露骨にからかう視線を送ってくる先輩に、

「いえ、その……」

真美は頬を紅潮させせて俯く。

「ごめんごめん、ついかわいくてからかっちゃった。でも、真美ちゃんが久瀬さんに興味持つの分かるわ。すごくカッコイイよね、研究室でも人気があるのよ」

人気がある、という言葉に真美は焦りを感じ、無意識に前のめりになる。

「彼女はいるんでしょうか？」

「それがよく分からなくて、結構ミステリアスなのよ」

ミステリアス……。

その言葉は彼にピッタリなように思えた。

「学生って浮かれて遊びほうけたりするけど、久瀬さんはそんなことはなくて、本当に真面目なのよ。コンパも行かないし、女の子から誘われてもよく断っているし……彼女がいるのかいないのかもよく分からないの」

「そうなんですか……」

「そうそう、久瀬さんのお父さんが大学の教授らしいから、学問に対する志が他の学生とは違うのかもしれないね。彼も院生だから先は学者になるんだろうし」

そうつぶやいた先輩の言葉が印象的だった。

学生といえば浮かれている人たちも多いこのご時世に、学問に真摯に取り組んでいる。そんな人に親の職業や財産をチラつかせたところで、何の武器にもならないだろう。軽蔑されて終わりかもしれない。

真美は先輩との会話を思い起こし、再び大きく息をついた。溜息とは違う、いろいろな想いが充満して洩れてしまう、すべてを溶かすような熱い息。

雨の日、ハンカチで私の顔を拭ってくれた彼。

あのとき、どうして最後にちゃんとお礼を言えなかったんだろう？

ハンカチを洗濯して返したいと言って借りていたら、その後のキッカケができたのに……。

――学さん。

真美が悦に入っていると、部屋の外がバタバタと騒がしいことに気付いた。

気分を害された気がして、ムッとして体を起こす。使用人たちが大慌てで何か準備をしているようだ。

ドアを開けて廊下に出ると、使用人たちが総出で走り回り家の中はただならぬ緊迫感に包まれている。

「いったい、どうしたの？」

使用人のひとりに訊ねると、真新しいテーブルクロスを手にした彼女は小首を傾げた。

「よく分からないのですが、急遽、大切なお客様がいらっしゃるとかで、ご主人様が応接室を完璧に掃除するようにと……」

「完璧？」

政治家である父のもとに『大切な来客』が訪れることは珍しくない。

だが、以前、内閣総理大臣がこの家を訪れたときも丁寧にもてなしこそしたものの、こんな緊迫感はなかった。

「本当に、すごい臨戦態勢だよな」

背後で兄、和明《かずあき》の声がした。

「お兄ちゃん、誰が来るか聞いてる？」

振り返って訊ねると、和明は肩を上下させた。

「さあ、母さんも誰が来るのか、よく分からないらしいよ。でもお祖父《じい》ちゃんや父さんは大わらわになってる」

祖父も元は政治家だった。そして父よりも『名家のお坊ちゃま』色が強く、気位が高い。どんな大物政治家が来ることになっても、格式のない家柄出身であったら鼻にも掛けない人だ。そんな祖父が『大わらわ』になる来客……。

「――皇室関係だな」

つぶやいた和明に、真美は静かに頷いた。同じことを真美も考えていたからだ。

真美の好奇心が疼いた。

3

「――いいか、ここにいたら、もうすぐ帰ってくると思うから、手紙を渡すんだぞ。顔は写真で見ているから分かるよな？」

そんな声が耳に届き、学校帰りの学は自分のマンションのエントランスで足を止めた。

若い男が、しゃがみこんで小さな子どもに諭すように話しているようだ。

「本当は俺も帰ってくるまでここにいてやるつもりだったんだけど、やっぱり、顔を合わせにくくて、ごめんな……」

そんな言葉も聞こえる。

事情は分からないが、その男は、子どもを置いて、どこかに行こうとしているようだ。

しかし、この声には、聞き覚えがある。

懐かしい声だった。

学が首を伸ばして確認すると、そこにはかつての友人、金森信治《かなもりしんじ》の姿があり、

「――信治」

学は、目を見開いて、見下ろした。

「ま、学……」

信治はまずいところを見られたとばかりに、目を泳がせながら振り返る。

六年ぶりの再会だった。

だが、かつての、はつらつとした明るい少年のような雰囲気はなく、あるのは疲れきった表情だけ。

童顔でいつも年齢より若く見られていた信治だが今は実年齢――学と同じ二十三歳よりもうんと年上に見えた。

手入れされていない不精ヒゲがそう見せているのかもしれないが――。

「お前……どうして……」

全身の血が逆流する。驚きのあまり数秒間呼吸を忘れた。

よく……俺の前に姿を現せたな。

嫌味でも脅しでもなく、素直に、むしろ感心に近い感情でそう思った。

そんな彼の傍らに立つ少年を見て、学は眉をひそめる。

陶器のようなつるりとした肌に、聡明そうな瞳が印象的だ。同じ研究室のミーハーな女子学生が見たら『かわいい』と騒ぎ立てるに違いない、美少年だった。

「その子は……？」

その問いに、信治は決まり悪そうに目を伏せる。

「タケルというんだ。俺の……俺と小夜子の子だ」

するとタケルという少年はニッコリと笑みを見せて、深々と頭を下げた。

学は、息を呑んだ。

「小夜子の……」

そんなことは訊くまでもなかった。訊いたことを後悔した。

その子は、小夜子にそっくりだったのだから。

それで何をしにきたんだ？　まさかふたりのかわいい子どもをわざわざ見せにきたのか？

そんな嫌味のひとつも言ってやりたかったが、信治の緊迫した雰囲気に気圧され、

「いったい、どうしたんだ？」

としか訊けなかった。

信治は何から話そうか迷っているようだった。

口を開こうとしては目を泳がせる。次の瞬間、意を決したように勢いよく床に手をつき、土下座した。

「こんな……こんなことお前に頼むのは筋違いだって分かってる。だけど、お前にしか頼めないんだ。頼む、この子を数日間預かってくれないか！」

「えっ？」

学は呆然と床に額をつける信治を見下ろした。

混乱しつつも今もまだ顔を上げようとしない信治の腕を引き、立ち上がらせる。

「子どもの前でそんなことするな。それに藪から棒に何を……」

信治自身、突然現れておきながら、どれほどの無理難題を押しつけているか、十分心得ているようで、心底申し訳なさそうな表情を浮かべていた。

痛々しいまでの様子に、どうしたものか、と学は息をつく。

エントランスで立ち話をしても埒が明かない。落ち着ける場所で話を聞こう。

「とりあえず……部屋に来いよ」

ふたりに背を向けエレベーターのボタンを押す。そして振り返ると、そこにはもう信治の姿はなかった。

「えっ？」

目を疑った。

ほんの一瞬、目を離した隙に信治の姿はなくなっていたのだ。

残された少年は驚く様子もなく、無言で学を見上げている。

「……っくしょう、あいつ！」

学はすぐさまマンションを飛び出し、辺りを見回したが時すでに遅し。

道路の向こうにタクシーが走り去るのが目に入った。

あらかじめタクシーを待機させていたのか……。

参った、と学は額に拳を当てる。

力なくマンションのエントランスに戻ると、タケルが真っ直ぐに自分を見つめていた。

その眼差しは、まさに小夜子の生き写しで、反射的に胸が痛む。

ひどく奇妙な形で、小夜子に再会したようだ。

学はゆっくりタケルの前にしゃがみこんだ。

「……お父さんはどこに行ったか分かるか？」

タケルはふるふると首を横に振る。

「それで、お前たちはどこから来たんだ？」

タケルは小首を傾げた。

「歳はいくつだ？」

タケルは右手を開いて見せた。五歳であることを意味しているのだろう。

「……どうして、何も喋らない？」

タケルは目を細め、謝罪するように両手を合わせ頭を下げる。

もしかして……。

「口が……？」

タケルは、コクリと頷く。

口がきけないのか……。

学はタケルの頭を優しく撫でた。

「そうか、悪かったな。とりあえず部屋に行こう」

そう言ってタケルの横に無造作に置かれたバッグを手に取ると、予想以上にズッシリと重いことに驚いた。

ずいぶん重いんだな、いったい何が入っているんだ？

タケルに視線を送ると、また穏やかな笑みを向けてくる。学も思わず笑みを返した。

かわいい子だ、と素直に感じる。

上昇するエレベーターの中で小夜子にそっくりな横顔を眺め、初めて彼女に出会ったときのことを思い出していた。

そう、こんな風に唐突に、小夜子は現れたのだ。

エレベーターは三階で止まった。

ここで降りていいの？　という様子でタケルは学を見上げる。

「ああ、降りて目の前のドアがうちだよ」

鍵を開け部屋に招き入れると、『おじゃまします』と言うように玄関で丁寧にお辞儀をし、タケルは靴を揃えて端に寄せた。

……きちんと躾けられた子どもなんだな、と学は感心する。

学が住む部屋はリビングにダイニング、洋室がふたつある典型的なファミリータイプの2LDKのマンションだ。

もともと家族で住んでいたのだが、母を早くに亡くし、七年前に父が京都に移ってからはここでひとり暮らしをしている。

ひとり暮らしになった当初は、『お前が寂しがらないように』という建前で小学校からの幼馴染である信治が無理やり転がりこんできていたっけ。

小夜子と出会ったのは、そんなひとり暮らしが始まった頃だった。

タケルはリビングの隅で、身の置き場に困った様子で立ち尽くしている。

「今、何か飲みものを出すから、ソファに座るといい」

タケルは頷いて嬉しそうにソファに腰掛けたものの、思い出したようにすぐにソファを降りて、バッグから手紙を取り出した。

「俺に？」

タケルは頷く。

学は手紙を受け取り、

「子どもの飲むものは牛乳くらいしかないけどいいか？」

と訊ねると、タケルはまた頷いた。

できるだけ小さなコップに牛乳を注ぎテーブルの上に置くと、タケルはニコニコしながらそれを口に運ぶ。

学はそんなタケルの様子を見守ったあとダイニングテーブルの椅子に座り、手紙を開く。

信治の粗野な字を懐かしく感じた。

『学へ。

何も伝えられないまま、この子を預けてしまうことになると思うので、手紙を書くことにした。

六年前、あんな形で疎遠になり、以後連絡のひとつもしなかったのに、事情も満足に伝えられないで、一番迷惑を掛けてはいけないお前にタケルを預けてしまったことを心から詫びたいと思う。

細かい説明をすると長くなるので省かせてもらうが、どう伝えたらいいのか難しい。

小夜子の家は大変な資産家で、今、とある事情からタケルがすべての財産を受け取ることとなった。

そのため、それをよく思わない親族に、タケルは命を狙われているらしい。

信じられないような話だろうけど、タケルは何度も命を狙われ、食事に毒を盛られたこともあったそうだ。

――実はそんなことが重なって、タケルは精神的ショックから言葉を話せなくなった。

医者は一時的なものだろうと言っているのだが……。

とても賢い子なのでコミュニケーションに困ることはないと思う。

タケルの相続手続きが数日の内に受理されるらしく、それが済んだら安全になるとのことで、それまでの間預かってほしい。

お前の側にいれば、タケルが小夜子の家の子どもだということは誰にも分からないと思う。

落ち着いたらすぐ迎えに戻る。

バッグの中にタケルの着替えや世話に必要な資金を入れておいたので、使ってくれ。

着替え等が足りなくなったり、とても本の好きな子なので、新しい本を欲しがったりしたら、そこから用意してもらえたらと思う。

どうか、タケルをよろしくお願いします。金森信治』

学は手紙を読みながら、狐につままれたような気持ちになった。

『命を狙われているらしい』という文言。他人事すぎやしないか。まるで、父である信治も事情をよく分かっていないのではないか、と思わせる。

タケルは、学が手紙を読み終えたことを察すると、玄関に置きっぱなしだったバッグを一生懸命運んできた。

「いいよ、俺が持つ」

学はバッグを受け取ってチャックを開ける。

綺麗に畳まれた子ども用の服と、本が数冊入っていた。

本が好きだって書いてあったな、と手に取り背表紙を見るが、『古今和歌集』『枕草子』『源氏物語』といった五歳の子どもが手にしそうにない古典本ばかり。

「……これ、お前が読むのか？」

少し驚いて訊ねると、タケルは笑顔で頷き、嬉しそうに本を取り出して、ソファの上で開きはじめる。

あれも一種の英才教育なのだろうか？

そんなことを思いながらバッグの中の荷物を取り出していくと、底に白い封筒が入っていることに気が付いた。

手に取るなり、その封筒がずいぶんと厚いことに学は眉をひそめる。中を確認すると、一万円札が束になって入っているのが見えた。

百万はくだらない、もしかしたらそれ以上かもしれない。

咄嗟にソファに座るタケルを見る。

タケルは楽しそうに本に目を通しており、学の視線に気付いていなかった。

封筒の札束はすべてを語っている。『手紙の内容はすべて真実で、タケルが巨額の財産を相続する御曹司であることは間違いないんだ』と。

荒唐無稽な話だが、タケルが本当に命を狙われていることを力技で信じこまされた気がした。

札束以外にも白い便箋も入っているのが見えたので開いてみると、信治の粗野な字とはまるで違う美しい文字が目に入った。

『どうか、建《たける》をよろしくお願いいたします』

はっと息を呑む。

一行だけだった。

その一行にすべての思いをこめていることを学は感じ取った。

そうか……タケルは『建』と書くんだな……。

そう思ったと同時に目頭が熱くなり学はグッと唇を噛《か》んで堪える。

小夜子……。これは、小夜子の字。

小夜子からの手紙だった。

熱心に本を読むタケルに気付かれぬよう、学は目頭を押さえる。

あれから年月が経った今もまだこだわり、いまだに胸が痛み、ふたりに憎しみに近い感情を抱いているのは、小夜子を忘れられないからだった。

封筒の札束は取り出さずに、そのまま引き出しの中にしまう。使う気にはなれなかった。

カップにコーヒーを注ぎ、ゆっくり窓の外を眺める。

この部屋から見える隣のビル屋上。

――すべては、そこから始まったのだ。


母を亡くしたのは、学が十歳のときだった。

もともと体が丈夫でなかった母は、子どもを生むことを医者に止められていたらしい。

父も、母の体を思い、子どもを儲けることは諦めていたそうだ。何より母の体は子どもを授かることはできないであろう、とも医者に告げられていたらしい。

しかし結婚十年目に、奇跡のように母は命を授かった。

母はこのうえなく歓喜し、自分の胎内の命を心から喜んだ。

出産は命と引き換えになるかもしれない。そんな医師の言葉も、体のために諦めてほしいという父の反対も押し切り、母は我が子を授かった喜びのまま学を出産した。

出産はまさに命と引き換えだったかに思われたが、母は死の淵に立たされながらも、何とか生還した。

しかし、その後の十年間は日一日と衰弱するばかりだった。

学は、自分は母のすべてを吸収してこの世に生を受け、母の生気を吸って成長しているのではないかと感じたことがある。

学の成長とともに母は何度も入退院を繰り返し、学が十歳になる頃には入院は珍しいことではなくなっていた。

ある朝、学は目覚めると同時に言いようのない胸騒ぎを覚え、戸惑った。

言葉では言い表せない、自分が気付かないだけで後ろに殺人犯が立っているような、今すぐこの場から逃げ出したくなるような落ち着かない感覚。

逃げるように自室を飛び出してリビングに顔を出すと、いつものように父が食パンをトーストしていた。

父は無口で、どこかよそよそしい。学をかわいがると同時に、母の命を削っている自分を心の奥底で憎んでいるのではないか、と思わせることもあった。

ときおり見せる冷たい視線が苦しくて、父に認められたくて愛されたくて、学はいつも必死だった。

できたばかりのトーストを口に運ぼうとした瞬間、電話が鳴った。

病院からの電話。それは、母の危篤を知らせるものだった。

来るべき時が来たように感じた。

病院に駆けつけたときには、母はすでに息絶えていた。

嵐のように押し寄せる悲しみと同時に、母を殺したのは他の誰でもなく自分なのだと感じ、悲しみよりも罪悪感が学の胸を苛んだ。

その後、五年間、父とふたり暮らしを続けた。

母が頻繁に入院していたため、母のいない生活に困ることはなかった。母の入院は父子家庭生活に向けての悲しい予行練習だったのかもしれない。

ほとんど会話のない生活。

父が唯一、口を開くのは成績を褒めるときくらいだった。

今思えば父は口下手で、会話の材料がないと話すことを思いつかなかっただけなのかもしれないが、学は父に褒められたい一心でとにかく勉強した。

そんな父子家庭の終わりは突然やってきた。

その日の朝も胸騒ぎを覚えた。しかし母を亡くしたときのような激しい胸騒ぎでなく、小鳥の鼓動のような小さなもの。

いったい何だろう、と悩む間もなく、謎はすぐに解決した。

その日、父は新しい妻を連れてきたのだ。

同じ大学の事務員の女性で、ふくよかで優しそうな人だった。

細く美しかった母とは、まるで正反対の健康的な女性。

その翌月から新しい生活がスタートした。

義母との生活は、何ら支障はなかった。逆に以前より会話が増え、父の表情も明るくなったようにも思えた。

だが、それは表面上のこと。学は義母を心から受け入れられなかった。

口では「お母さん」と呼んでいたが、決して「母」と認めることができなかったのだ。

彼女は父の妻であり、自分の母ではない。

父のために表面上、義母を慕い仲良くするが、本心は母との思い出が詰まったこの小さなマンションに新しい父の妻など入れたくはなかった。

そんな学の思いが通じたのか、義母との生活もわずか二年で幕を閉じる。

念願叶って父は京都の大学へ移ることになったのだ。

すでに高三になっていた学は、このマンションに留まり、ひとり暮らしをすることになった。

寂しい気持ちがあることは否めなかったが、父と妻が過ごしやすいように気遣う毎日に疲れてきていたため、正直ホッとしていた。

そしてひとり暮らしが始まるやいなや小学校から高校までずっと一緒の友人、金森信治が頻繁に泊まりにくるようになる。

信治の母は『有名大学教授の息子』である学を信頼していたため、信治が学の家に入り浸ることを咎めもせず、それどころか『学君がひとりでかわいそうだから、行っておあげなさい』と夕食の差し入れを持たせてくれることもしばしばあった。

その親切は素直に嬉しくありがたく感じていたし、楽しい毎日だとも思っていた。

――だが。

あれは、高校最後の夏休みのこと。

学校が長期休暇に入ったので、信治は大荷物を持って本格的に居座るつもりのようだった。

家で幼い弟妹に囲まれた生活をするより学の家に来た方が、勉強もはかどるという名目だったが、まんざら嘘でもなかったらしい。

学が常に勉強をしているため、信治も刺激となり、堕落することなくふたりで勉強できていた。

その日もふたりはダイニングテーブルで頭を突き合わせて勉強し、少し休憩しようと思ったときだった。

信治は顔を上げるなり、窓の外を見て、

「おい、あれ、何か変じゃねぇ？」

と目を凝らした。

視線の先の、向かいのビルの屋上に白い服を着た長い髪の若い女性が立っていた。

屋上の手すりはそれほど高くなく、強い風が吹いたら落ちてしまうのではないか、と思うほどに危うい。

すると、その女性が手すりを乗り越えようとしていることに気付いた。

――自殺だ！

学と信治は顔を見合わせ、言葉を交わす間も惜しむように勢いよくマンションの階段を駆け降りた。

向かいのビルへと駆けこむと、ちょうど一階にエレベーターが停まっていたので、すぐさま乗りこみ、最上階へと向かう。

上昇していくエレベーターの中で、彼女がまだ飛び降りていないことを願った。

学はふと今朝『胸騒ぎ』を覚えたことを思い出した。

あれを感じると何かが起こる。まさにこれがそうなのか？

「なあ、よく見えなかったけど、あの女の人、白い服というより……白い着物を着てたよな?」

信治は青い顔で洩らした。

「白い着物?」

白装束を身につけ、覚悟を持ってあの場にいたというのだろうか?

そう思うと背筋が寒くなる。

エレベーターが最上階に着き、ふたりはそこから非常階段へと駆けこみ屋上へ続く扉を開けた。

そこからは、信治の言うとおり白い着物を着た女性の後ろ姿が見えた。

今にも飛び降りようと身を乗り出している。

ふたりは無我夢中で駆け寄り、その腕をつかむと、彼女は驚いたように振り返った。

その姿に驚いた。まだ幼さの残る中学生くらいの少女だったのだ。

何より、息を呑むほどに美しかった。

漆黒の長い髪に、艶のある白い肌、整った顔立ちの中には宝石のような黒々とした大きな瞳が涙に濡れている。

そして彼女が着ていたのは死装束の白い着物というより、白無垢——花嫁衣裳だった。

美少女は目に涙を浮かべ、

「離してください！」

と腕を払おうとした。

「何をやってるんだ、死ぬぞ！」

「死ぬつもりなんです！　お願い離して！」

彼女は喉の奥から搾り出すようにそう叫び、学の腕の中で泣き崩れた。

――それが、小夜子との出会いだった。

興奮している彼女をなだめて落ち着かせ、とりあえず家に入れることにした。

家のリビングにつくと、彼女はソファに浅く腰を掛け、俯いていた。暗い表情のまま。

「名前は？」

そう問うと、

「小夜子といいます」

彼女は蚊の鳴くような声でか細く答える。

「ねえ、君、いくつなの？」

信治は、まるで小さな子どもに問いかけるように彼女の前にしゃがみこんで訊いた。

「十五歳です」

ということは、中学三年生か高校一年生だ。

「あのさ、その恰好は……花嫁衣裳だよね？」

腫れ物に触るように恐るおそる訊ねた信治に、彼女はコクリと頷いた。

「はい、白無垢です」

「いったいどうして、そんな恰好を？」

学は不可解さに眉をひそめながら、腕を組んだ。

母親の形見の花嫁衣裳を着て、死のうとでも思ったのだろうか？

しかし、小夜子の返答は想像を超えていた。

「今日、これからわたくしの婚姻の儀が予定されていました。わたくしはそれが嫌で、隙を見て逃げ出したんです」

小夜子は固く手を組んだ。透けるように白く小さな拳が小刻みに震えている。

——結婚？　この子が？

信じられない、と学と信治は互いの顔を見合わせる。

「何言ってるんだよ。法律上、十五歳では結婚できないだろう？」

学が呆然とつぶやくと、小夜子はそっと頷いた。

「式だけを挙げて、書類の手続きは翌年に行うことになっておりました」

「え、でもさ、どうして、まだ十五歳の君が結婚なんて……」

信治の素朴で素直な疑問に小夜子は何と答えようか弱ったように目を伏せ、ぽつりと洩らすようにゆっくり口を開いた。

「わたくしの家は古い家でして……家同士のしがらみや財産等の関係から、結婚は自分の意志では決められないのです。親同士が決めた――つまり政略結婚を余儀なくされるのです」

言葉を選んで話す小夜子の姿に、もっと何か深い事情がありそうな気がするな、と学は目を細めた。

「ええ!?　ずいぶん時代錯誤な家なんだね」と目を丸くする信治。

学も同感だった。

「それに、いくら政略結婚といっても十五歳では早すぎるんじゃないか?」

心から問うた学に、小夜子は小さく首を振る。

「十三歳のときに裳着《もぎ》を済ませましたので、わたくしの家では、いつ結婚してもおかしくはないと見なされているのです」

聞き慣れない言葉に信治は「もぎ?」と素っ頓狂な声を出す。

その反応に、小夜子は失言とばかりに目を泳がせた。

「いえ、あの、早いうちに家同士の結託をしたいようで……」

慌てた様子で、取り繕うように早口で言葉を重ねる。

「そうなんだ、本当にお嬢様なんだね」

信治はひたすら感心していたが、学はごく自然に『裳着』という言葉を発した小夜子に驚いていた。

平安時代頃に女子が十代前半で行ったという成人の儀式である『裳着』を、この現代にしたというのだろうか。聞いたことがない。

本当によっぽどの旧家なのだろう。

「それで、小夜子ちゃんは決められた相手と結婚したくないことを親に言わなかったの？自分の主張はちゃんとした？」

ごく普通の感覚を持つ信治の言葉に、小夜子は力なく笑う。

自分がいかに違う世界にいるかを痛感しているようにも見えた。

「――言ったところでどうにもならないんです。我が家は代々そうしてきたので、わたくしも諦めていましたから……ですが……」

不快なことを思い出したように、小夜子は体を小刻みに震わせた。

「今日初めて結婚相手にお会いしたんです。……何倍も歳が離れているうえ、尊敬できる部分が見つからない方で、どうしても嫌だと感じ、その方に一生を捧げるならば死んだ方がマシだと思い、隙をついて料亭を飛び出しました。人目につかぬよう路地をひたすら走り疲れきったときに、目の前にさっきのビルが目に入ったのです」

小夜子はそこまで言って、大きく息を吐き出した。

「ビルの屋上まで来て、風に当たりながら、わたくしは少し冷静になりました。家の者は、逃げ出したわたくしを決して許さないだろうし、半刻ほどで連れ戻されてしまうことは火を見るより明らかです。そして結局は結婚させられます。何もかも避けられぬことならば……それならば本当に死んでしまおうかと……」

学は腕を組んだまま、俯く小夜子を見つめた。

十五歳の少女。

普通の家に生まれていれば、アイドルに夢中になるような年頃なのだ。

そんな少女が、ひとつの恋をすることもなく、否応なしに彼女の父親、もしかしたらそれ以上に歳の離れた男と結婚しろと言われたなら、たしかにそれは過酷なことだろう。

自分の未来に絶望を感じてしまうのも無理はない。その相手は、しきたりのある家に育ち、結婚は家同士の政略結婚だと教えこまれている彼女が、死んだ方がマシだと思うほどに嫌悪感を与える男だったに違いない。

「本当に今日初めて結婚相手に会ったの？」

ポカンと尋ねる信治を前に、小夜子はゆっくりと頷いた。

「それはキツイよね。っていうか小夜子ちゃんの親マジひどいよ！　いいよ分かった、しばらくこの家にいなよ！　俺らがかくまってあげるから」

信治はまるで家主のように胸を叩いたあと「なっ、いいだろ」と学を見た。

「――簡単に言うけど、下手すりゃ、俺たち誘拐犯になるぞ」

低い声で告げた学の言葉に、

「誘拐犯？」

信治は恐れをなし、瞬時に顔を曇らせた。

「いいえ、警察に伝えることは絶対にありません。対外的なことをとても気にする家なので……」

そう言って小夜子はうかがうように学を見つめる。

まるですがるような瞳だった。彼女がここに置いてもらいたがっていることが痛いほど伝わってくる。

どうしたものかと、学は額に手を当てる。簡単に面倒を見るなんて、安易なことを言っていいものか。

しかし彼女を追い出すということは死ねと言っているようなものだ。

死を決意した彼女を救い出し、時代錯誤な家庭の事情を聞き、はからずも役に立てる環境にいる以上、力になるべきなのかもしれない。

学は決意を固めて、顔を上げた。

「分かった。この先どうするかはともかく、落ち着くまでここにいるといい」

その言葉に、小夜子は目に涙を浮かべ笑顔を見せた。

「――あ、ありがとうございます」

涙を流しながら、胸に手を当て、深々と頭を下げる。

まだ、幼い少女。それでも、彼女が放つ強烈な美しさに、学は息を呑んだ。

そしてそれは、信治も同じだった。

そうして、三人の奇妙な共同生活が始まることとなった。


しばし過去の思い出に耽り、ふと我に返るとすっかり日が暮れていることに気が付いた。

慌ててタケルに目を向けると、おとなしくソファに座ったまま学を見つめている。

薄暗い中、本を読みづらかったのだろう、それは閉じられ、膝の上にのせられていた。

「……悪い。ボーッとしていて暗くなったことに気付かなかった、こんなんじゃ本も読めないよな」

立ち上がり、照明をつける。

「それに腹も減っただろう、何か作るな」

そのままキッチンに向かうと、すぐにタケルもキッチンにやってきて、『手伝います』とばかりに学を見上げる。

言葉を交わさずとも役に立とうとする姿勢が伝わってきて、微笑ましさを感じた。

「いいよ、手伝わなくても」

するとタケルは、いいえ、と首を振る。

「そうか、じゃあテーブルを拭いてくれよ」

布巾を手渡すと、タケルは顔を明るくさせて、張り切った様子でテーブルを拭きはじめた。

見るからに、慣れない手つき。

大金持ちのお坊ちゃまだから、こんなことするのは初めてなんだろうな……。

そう思うと、また笑みが浮かんだ。

学は冷蔵庫を開けながら何を作ろうか悩み、魚のパックを手にする。

「……焼き魚しかできないな。本当はハンバーグなんかがいいんだろうけど」

するとタケルは魚を指して、首を縦に振る。

「これでいいか？」

タケルは、にこりと目を弓なりに細めた。

幼いながらも人を気遣う心を見せるタケルに「いい子だな、お前は」という言葉が、自然と洩れる。

グリルに魚を入れて焼いている間、ハムエッグとサラダの用意をした。やがて魚が焼けて、皿にのせると、タケルはすぐにテーブルに運ぶ。

料理がすべて並び、ふたりは向かい合って座る。

手付きは慣れていないが、危うさはない。器用な子のようだ。

学は椅子に腰掛けて、タケルに向かい側に座るよう促す。タケルはテーブルにつくと、両手を合わせて、いただきます、と頭を下げた。

「さっ、食べるか」

そのまま上手に箸を使い、食事を口に運ぶ。

ぱくり、と食べて、おいしい、という様子でギュッと目を瞑った。

こうして接していてタケルは言葉こそ発することはできないが、とても朗らかで明るく優しく賢い子であることが伝わってくる。

この無垢な少年が、大人の汚い欲望に巻きこまれて、命を狙われている。

心ない大人によって言葉を失うほどのショックを受けたのだ。

そう思うと、学の胸は痛む。

この子をどのくらいの期間、預かることになるかは分からないが、そう長くはないに違いない。自分が役に立てるなら、快くこの子の面倒を見よう。

何よりそれは自分自身にとっても、今も引きずる想いを清算する、いい機会なのかもしれない。

学はタケルを見つめたあと、そっと目を伏せた。

4

——宮下家に、『国賓級』の来客が訪れたのは、夜八時前のことだった。

「お前たちは部屋にいなさい」

父から指示があり、真美は素直に言うことを聞く振りをしながらも、いったい誰が来るのか二階から気付かれぬように眺めることにした。

玄関前のホールが吹き抜けとなっているため、二階の手すりから、階下が見渡せるのだ。

臙脂《えんじ》色の絨毯が敷き詰められ、天井にはクリスタルのシャンデリアが煌《きら》めいている。

宮下家の邸宅は、まるで迎賓館のようだと言われるほど大きく瀟洒《しょうしゃ》な洋館だ。

実際、要人を招くことを想定して造られたこの家には、一般家庭のように靴を脱ぐ玄関がない。各々の部屋で靴を脱ぎ、スリッパに履き替えるスタイルを取っている。

玄関前のホールから二階へと続く階段があり、真美が子どもの頃は、ゆるやかなカーブを描く階段の手すりを滑り台のように使って、ひどく怒られたことがあった。

そんな真美は、子どもの頃から来客がある度に二階の廊下から玄関を見下ろし、どんな人が来たのか観察するのが好きだった。

来客が真美の姿に気付いたら、なんて無遠慮な子どもだと疎ましく思うに違いないが、今まで一度も気付かれたことはない。それはただ幸運だったのではなく、大きな観葉植物の隙間から覗いているため、一階からは見えないためだ。

その覗き見ベストポジションを教えてくれたのは他ならぬ兄の和明だった。

どんな大物政治家が訪れるのだろう？

それとも、兄が言うとおり皇室の方なのだろうか？

玄関の両扉が開く。やがて来客が姿を現したようだった。

黒いスーツの男たちが中心にいる人物をガードするように、ぞろぞろと入ってくるのが目に映る。

使用人は通路の両側に並んで待機し、車まで出迎えた父は、

「いやいや、どうぞどうぞ」

と舞い上がった声を玄関に響かせた。

玄関で待っていた祖父は、客人にありがたそうに手を合わせたあと、深々とお辞儀をしている。

——お祖父ちゃんがあんなことをするなんて。

『自分至上主義』である祖父の徹底したへりくだりように真美は驚いた。

一時的に取り繕っているのではなく、本当に心から敬っていることが伝わってくる。

真美は二階の手すりから首を伸ばすも、スーツを着た男たちの姿しか見えない。雰囲気

から察するにおそらくＳＰだろう。

やきもきしながら身を乗り出すと、長い髪を後ろにひとつに束ね、白い羽織に朱色の袴をつけた女性の姿が見えた。

――神社の巫女？

真美はポカンと口を開いた。

「雛子《ひなこ》様、どうぞこちらへ」

父と祖父は上ずった声で彼女を『雛子様』と呼び、応接室へと先導していく。

いくつくらいの方なのだろう、上からでは頭しか見えない。顔が見たい、とさらに身を乗り出すと、『雛子様』は、まるでその意思を感じ取ったかのように、ゆっくり顔を上げ、こちらを見てニッコリ微笑んだ。

――気付かれた！

真美の心臓は大きく音を立て、慌てて身を隠す。

いや、待って、玄関からは見えないはず。大丈夫、見られていない、たまたまだ。

それでも、真美は逃げるように音を立てずに部屋に入った。

何ていうのだろう……見ていることを気付かれたというより、考えていることを読まれたような気がしたのだ。

今も鳴りやまない鼓動を抑える。

不思議な女性はあっさりした日本人らしい顔立ちに見えた。

年齢は分からない。三十代にも見えるが、四十代かもしれない。

巫女のような恰好で、『雛子様』と呼ばれている。本当に何者なんだろう?

真美は好奇心を抑えることができずに、再び廊下に出る。

祖父たちは応接室に入ったようで階下にはもう使用人の姿すらなかった。

真美は音を立てないように階段を下りて、応接室の隣にある祖父の書斎に入る。

電気をつけちゃまずいわよね、と暗闇の中、応接室の会話を盗み聞きしようと壁に近付くと、人影が動いたので、真美は身を強張らせた。

誰かいる。

すると人影は「しーっ」と小声でつぶやいた。すぐに正体が兄であることに気付き、真美はホッと胸を撫で下ろした。

同時に、兄妹《きょうだい》ともに同じ行動をしていたことが滑稽で、思わず笑いそうになるのを必死で堪えた。

真美は笑みを浮かべながら、和明の前まで歩み寄る。

「お兄ちゃんも気になってたんだね」

小声でつぶやくと、和明はバツが悪そうに頭をかいた。

「父さんはともかく、お祖父ちゃんまでがあんなに浮かれるなんて、誰が来るんだろうと思ってね。――それより真美、この部屋の秘密を知ってるかい？」

「秘密？」

突然、予期せぬ方向に流れた話題に、真美は眉根を寄せた。

「この部屋の書棚は左端だけ何も入れられていないんだ。で、そこに入ると応接室の会話が丸聞こえになる。来客の会話を録音する必要があるときに使われていたらしいんだけど……」

こういう話を聞くとやはり我が家は政治に関わる家だということを実感させられる。ときとして応接室の会話を秘密裏に録音する必要があるのだろう。

真美は感心しつつ、和明が何と続けたいのかをすぐに察した。

「分かった。書棚で会話を盗み聞きするけど、こちらの音も筒抜けになるから気をつけなきゃいけないのね」

「そういうこと、今から会話はシャットアウト。どんな驚くようなことが起きても、声を出さないんだよ」

「了解」

ふたりは顔を見合わせ、そっと書棚の一番端の扉を開けると、音を立てないように入った。

5

学はタケルのために、今はもう誰も使っていない奥の洋室の掃除をし、ベッドを整えた。

ここはもともと両親の寝室であり、父がこの家を出ていったあとは、客間として使っている。

「ここにいる間はこの部屋を使うといい。家にある本は好きなときに見ていいし、気兼ねなく過ごしていいから。ただし、まだ五歳だから就寝時間は九時。いつも俺は朝七時に起きるけど、明日は休みだからゆっくり寝ててかまわないからな」

学がベッドにシーツやタオルケットをセットする様子をタケルは物珍しそうに眺めながら、分かりました、というように頷いた。

「というわけでもう九時だ。風呂も入ったし、疲れも溜まっているだろうから、ゆっくり寝なさい」

学がそう言うと、タケルはそそくさとベッドに上がる。

タケルの体に優しく布団を掛け「じゃあ、おやすみ」と部屋の照明を暗くした。

ドアを静かに閉めて、そのままリビングに向かい、ソファにゆっくりと腰掛ける。

あの部屋をまた使うことになるなんて……。

かつては、小夜子が使っていた部屋だ。それを、小夜子の息子が使っている。

奇妙な縁に学は苦笑した。

小夜子……今も鮮明に覚えている。

あの嵐の夜。

苦しいような声と雷鳴……。

今まであえて思い出さないようにしてきたことが、タケルの出現により脳裏を鮮明に過《よぎ》る。

「——っ」

学はかぶりを振って思い出すことを遮断した。

6

真美は、和明とともに暗い書棚の中にうずくまっていた。

和明の言ったとおり、応接室の会話が鮮明に聞こえてくる。

興奮した祖父の声がうるさいほどに響いていて、相変わらず大きな声だ、と真美と和明は顔をしかめた。

「いやいや、雛子様のお顔を拝するのは、実に十年ぶりですな」

上機嫌な声を出す祖父に、

「もう、お体の方はよろしいんですか?」

と気遣う父の声。

「ああ、体調の方は一年前からかなりよくなってな。ようやく自由に動けるようになったのだが、これはもしかしたら、最後の灯火かもしれぬと、かつて世話になった者たちのもとへ挨拶に回っているのだよ」

女性としては低めの落ち着いた声で雛子は答えた。

「何をおっしゃいますか、雛子様!」

祖父は声を荒らげた。驚いたときの祖父の癖だった。

「あの……それも、お告げなのですか?」

父が、今度はうかがうように尋ねる。

「いや、悲しいかな、神子《みこ》は自分のことはよく分からぬのじゃ。それが故に愚かな歴史も繰り返されるのかもしれないが」

雛子の皮肉めいたつぶやきに、祖父も父も言葉を詰まらせていた。

「雛子様、世話になったなど滅相もございません。……むしろ、私どもはあなた様のお世話になりっぱなしですよ。そして誰よりもこの私が一番お世話になりました。雛子様がいなければ、私は家内と一緒になれなかったのですから」

熱っぽく語る父に、雛子は「そうだったな」と楽しそうに笑った。

「そなたは、今の奥方との結婚を父にとことん反対されるも、それでも彼女と結婚したいと頑として譲らなかったために、親族を巻きこんでの大変な騒動になったのだったな」

「そうですそうです。私はどこまでも譲らない息子にほとほと困り果て、雛子様のご神託にすべてを委ねることにしたんです」

祖父は懐かしむように洩らした。

初めて聞く話であり、真美は驚いて思わず和明の方を向いた。

暗がりで顔はよく分からないが、和明の喉がごくりと鳴った。おそらく、兄も初耳だったのだろう。

「あれから、約二十年になるのだな。――で、私の神託はどうであった?」

するとと祖父は大きな声で笑った。

「何をおっしゃいますか。すべてはご神託どおりです。今でも鮮明に覚えていますよ。『このまま結婚を反対し続けたならば、親子の仲は生涯にわたる亀裂をもたらし、一家は衰退することになる。だが結婚を許したならば息子は父に恩義を感じて、生涯家と親を守ることに尽力するであろう』と。『そして相手の娘はこの家を救うべくして現れた素晴らしい救世主だ。この家に素晴らしい幸運を招く存在だ』と。『家にとってもとてもよい嫁となり、ふたりの子を授かる』ともおっしゃった」

「ええ、雛子様は『最初に理知的な男の子、二番目に愛らしい女の子を授かる』とおっしゃってくださりましたね。すべては雛子様のご神託どおりでした」

「ええ、結婚を許したことで我が家は安泰です。息子はよい嫁を持ち、そして素晴らしい男女の孫を授かりました」

「そうか、それはよかった」

穏やかな声で雛子はそうつぶやいた。

書棚の中で、真美は混乱しつつも、今まで持ち続けていた謎が解けた気がした。

──そう、今まで疑問に思っていた。

祖父は特権階級にこだわる人間。そんな祖父が何の後ろ盾もない中流家庭に育った母を大事な息子の嫁に迎え入れたうえ、母をどこか立てていることが不思議でならなかった。

勿論、それが嫌だというわけではなく、単に祖父の人間性を考えると不可解だったのだ。

つまりは──よく分からないけれど、おそらくすごい霊能力のある巫女に、母は『幸運を招く救世主だ』と言われて受け入れたということなのだ。

その言葉を丸呑みしてしまうほど、信頼している巫女なのだろう。

真美は暗がりで身じろぎもしないまま、そんなことを思った。

「吉雄《よしお》」

雛子は、祖父の名を呼んだ。

祖父を下の名で呼び捨てしたことに、真美も和明も仰天する。

しかし祖父は違和感を抱いていない様子で、嬉しそうな声を出した。

「何でしょうか、雛子様」

「体をいといなさい。ときおり、心臓が痛むであろう」

「は、はい、そうなんです。やはり重病でしょうか？」

「人は小さな病でも、気の持ちようや振る舞いから大病に変えてしまうこともある。そなたの、階級や身分に固執した考えを改める必要があるように思えるな。病気には業も半分ついておる」

「は、業ですか……」

と、祖父は弱ったような声を洩らした。

「とはいえ、貴族の家系に育ち、芯から特権階級を植えつけられたゆえ、そう簡単に考えを切り捨てられるものでもないことはよく分かる。それを失くせと言っても無理であろう。せめてその特権階級意識を表に出さぬようにしなさい。それが分別のある大人であり、紳士だ。何より人を不快にさせたならば、その分、負の念を背負うこととなる。それが故に、小さな病が大病へと変わることもあるのだから」

「は、はい！」

祖父は大きな声で答えた。

「そして、剛志《たけし》」

次に雛子は父の名を呼んだ。

父は弾けるように、「は、はい」と返事をする。

「そなたはとても優しく正義感が強い。今後、よりよい政治家になるであろう。しかしその優しさ故、つけこまれることがあるかもしれぬ。笑顔で近付いてくる人間すべてが味方だと思わないこと。所詮、魑魅魍魎の世界。笑顔の仮面をかぶった化け物の言葉に判断を委ねず、自分の信念を信じて突き進むように」

その言葉に、父はしばし返事をしなかった。

返事をしないというより、言葉を失っているようだ。きっと、心当たりがあるのだろう、と真美は予想した。

「い、いや、本当にそうですね、冷や汗が出ました」

父は言葉少なに答える。

「いやはや、それにしても、雛子様のお力はご健在ですな」

「ご病気とはいえ、どうして引退されたんですか？」

と訊ねる祖父と父に、雛子は笑った。

「病に罹ったときにすべての力を失い、それで引退したのだ。もう力は戻らぬと思っていたのだが、最近戻ってきてな」

「そうですか、それは何より」

そんな三人の談笑を盗み聞きしながら、真美はさらなる驚きを隠せずにいた。

雛子は本当にすごい霊感の持ち主なのかもしれない。こんな盗み聞きではなく、ちゃんと会いたかった。

自分も占ってもらいたかった、と小さく息をつく。

「剛志、ふたりの子の名は何といった？」

突然そう訊ねた雛子に、父は驚いたように答えた。

「あ、はい、和明に真美です」

「そうか、では、長男の和明」

雛子の呼びかけに、和明は戸棚の中で体を強張らせた。

「そなたは自分の好きな道を進むがよい。祖父や父の希望に沿って政治家にならねばと自分を縛る必要はない。何よりそなたは政治家には向いておらん。そなたの祖父と父には私からも言っておこう、政治家にならなくてもよい」

和明は目を見開き、真美も仰天して口をポカンと開けた。

「そして、妹の真美か。そなたはおもしろい局面におる。とりあえず、そなたが今一番気に掛けている欲しいものについてだが……欲しいものを手に入れる場合、自ら行動を起こさぬと何も手に入らぬ。城の中で閉じこもりただ待っていても騎士が来ることはない。欲しいなら自ら動くこと、そしてその経験は宝になるであろう」

力強くそう言った雛子に、真美は全身が固まり、戸棚の中で大きく目を見開いた。

祖父も父も呆然としているようで、

「あ、あの、雛子様？　和明と真美にそれを伝えるとよいということでしょうか？」

と聞くと、雛子は楽しげにクスクスと笑った。

「ああ、そう伝えてくれ」

「あの、和明は政治家になりたがってはおらんですか？」

戸惑いながら訊ねた祖父に、雛子が答えるより早く父が弱ったような声を出した。

「……お父さん、実は和明は一流のシェフになりたいなどと言い出しておりまして、私も反対していたのです」

「シェフ？」

祖父は、声を裏返した。

けしからん！　という怒声が絶対に出ると身構えた瞬間、雛子は小さく咳払いをした。

「吉雄。長男は幼少の頃から最高の料理を口にしてきたことも手伝い、並外れた味覚を持っておる。素晴らしい才能を秘めているはず。神より与えられし才能を親がつぶすのは、罪以外の何者でもない。その子の好きにさせてやることだな」

「は、はぁ……」

雛子にはとことん逆らえないらしく、祖父は気が抜けたような声を出した。

「案ずることはない。そなたには他にも孫がおるであろう。必ず、そなたの意志を継ぐ者がいる。和明よりも立派に務めるであろう」

「……そうですな。つい内孫ばかりに目が行っておりました。私には、外孫もたくさんおります。私の意志を継いでくれる孫がいるなら、それだけで幸せなことです」

祖父は戸惑いつつも、自分を納得させるようにハッキリとした口調でそう言った。

その後しばらく三人の和やかな笑い声と他愛もない世間話が続き、頃合を見たのか雛子はサラリと「さて」と声を上げる。

「そろそろ失礼することにしよう。今日は突然すまなかったな。急にそなたたちの顔が浮かんでの」

「いえいえ、覚えていただけているだけで、光栄なことです。そうそう、ときに雛子様、力が戻った今は内宮《ないくう》に戻られたのですか？」

「いや、内宮は後任に任せておる。今は皇居に身を置いているのだが、最近、何やらザワザワと身辺が騒がしい。今、一番気に掛かるのは、建王《タケルノミコ》のこと……」

そう、雛子は独り言のようにつぶやき、

「さぁ、そなたたち、帰る準備を」

と、お付きの者たちに語りかけたようだった。

応接室が騒がしくなり、やがて複数の足音が廊下に響いた。

「はぁあああ」

隣の部屋から完全に音が消えたあと、真美と和明は、緊張から解き放たれ、書棚から出た。

「いやぁ、心臓に悪かった。雛子様って人に、絶対俺たち気付かれてたよな？」

和明は額を押さえながら、完敗とばかりに脱力した。

「そ、それより、お兄ちゃんは政治家になりたくなかったの？　シェフになりたいって……」

書棚の中で聞きたくてたまらなかったことを吐き出すように訊ねた。

兄は政治家になるべく、幼い頃からエリート教育を受けてきて、そしてその期待に応えてきた。

私立の進学校で成績はいつもトップクラス。人望も厚く、早くもよい政治家になる片鱗を見せていると祖父も父も手を叩いて喜んでいたというのに……。

これまでの努力すべてを捨てるなんて。

「ああ、実はずっと悩んでたんだ。お祖父ちゃんや父さんの期待に応えたいけど、自分はずっと昔から料理人になりたくて……。諦めようと思っても、どうしても諦められなくて、そのことをズバリ言われたから本当にびっくりしたよ」

和明は今も興奮冷めやらぬように熱っぽくつぶやいた。

嬉しさを含んだ様子に、彼がよほど悩んでいたことを感じ取った真美は、つられるように微笑した。

「あの人……私たちに呼びかけていたわよね。聞いていることに気付いたのかな？」

「名のある霊能者みたいだからお見通しなんだろうな」

「今は皇居に身を寄せてるとか言ってたよね、皇居に住んでるってことでしょう？　やっぱり皇室の方なのかな」

「どうだろう？」

和明は首を捻る。

「内宮に戻ったのかとか聞いてたけど、内宮ってどこ？」

「多分、皇居で内宮ときたら……伊勢《いせ》神宮のことじゃないか。巫女の恰好をしていたし」

「伊勢神宮？　それじゃあ、あの人は伊勢神宮の巫女さんなのかしら」

「かもしれないな。ただ今は引退したと言ってたから、元伊勢神宮の巫女さんなんだろう」

和明はそう答えたあと、思い出したように真美を見た。

「そういえば、お前が言われてた、欲しいものがどうのって何だ？　お前、何が欲しいんだよ？」

「え……」

その瞬間、真美は彼——久瀬学の姿を思い浮かべ、頬が紅潮するのを感じた。

顔が熱い。この部屋が暗くてよかった、と苦笑した。

「ええと、私、学園祭の劇で主役の座が欲しかったの。でも、何もせずにいたの。それで黙っていても欲しいものは手に入らないんだから、自ら行動を起こせって発破掛けられちゃったのよ」

咄嗟に取り繕いつつ、自分の作った嘘に思わず感心した。

「何だ、そんなしょうもないことかよ」

「しょうもなくないわよ！」

つい、真美は強い口調で反論した。

『城の中で閉じこもりただ待っていても騎士が来ることはない』

そうよ、何もせずに憧れていても、彼が近付いてくれるわけじゃない。自分から行動を起こさなきゃ！　生まれて初めて強く感じた、本当に欲しいものなんだから。

真美は決意したように拳を握り締めた。

第二章　交錯する想い

1

翌朝は休日だったが、環境の変化に過敏になっているせいか早くに目が覚めた。

学はゆっくりとベッドを降りてリビングに向かうと、タケルはすでに着替えていてソファの上で本を読んでいる。

「おはよう、ずいぶん早いんだな。昨日は眠れたか？」

タケルは微笑んで頷く。

「今、朝飯作るよ。簡単なものだけど」

学はキッチンに立ち、食パンを取り出した。

食パンが珍しいようで、タケルは興味深そうに身を乗り出す。

「食パンだよ、知らないか？」

タケルは『知ってる』と頷いたあと、口を指して首を振った。

「ん？　ああ、知ってるけど、食べたことはないってことか」

タケルは頷いた。

「そういえば、小夜子もそうだったな。家では和食しか出ないんだろ？　ってことは、飯も和食に徹底した方がいいか？」

そう問うとタケルは『それは結構です』とでも言うようにブンブンと首を振る。

「そうだよな、ここにいる間くらい、いろんなものを食べるといい」

強く頷くタケルの姿に、学は小さく笑った。

やがて朝食の準備が整い、トーストにスクランブルエッグ、ベーコンにサラダを食卓テーブルの上に並べる。

タケルは目を輝かせて、いただきます、と手を合わせた。

おいしそうに口に運ぶ愛らしい姿に、自然と笑みが零れる。

朝食を済ませたあとは、あまり観ていないがテレビを付けたまま、まったりと過ごした。

タケルはソファに腰掛けながら、ノートにイタズラ書きをしているようだ。

「せっかくだから、いろんな所に連れていってやりたいけど、命を狙われているんじゃ駄目だよな」

学が新聞を見ながら独り言のようにつぶやくと、タケルは顔を上げて、ノートにサラサラと文字を書く。

『学さんと一緒にいたら分からないと思うんで、大丈夫ですよ』

綺麗な字で、ごく普通に漢字を使って書かれているのを見て、学は驚いた。それと同時に、やっぱり英才教育を受けているんだな、と感心する。

「俺といたら大丈夫って……どうだろうな、もし何か危険な目に遭ったら大変だし。でも家に閉じこもるのもよくないよな……」とつぶやき、「そうだ」と腰を上げ引き出しから眼鏡を取り出した。

フレームからレンズを取り外し、タケルの顔に掛ける。

「うん、これでいい」

タケルは眼鏡に手を触れながら、嬉しそうにコクコクと頷いた。その眼鏡は大人用のため、大きすぎではあったが、パッと見では分からないだろう。

「それじゃあ、タケルの好きそうな所に連れていってやるよ」

学はある場所を思いついてタケルに手を差しのべる。彼は満面の笑みで大きく頷き、学の手をしっかり握った。

ふたりは朝食後にすぐに支度をするとそのまま家を出て、バスに乗りこむ。

タケルはバスに乗るのも初めてだったようで、嬉々として窓の外に目を向けている。

やがてバスは図書館の前に停車したので、学は「ここで降りよう」とタケルの手を引いた。

大きな図書館を、タケルは圧倒されたように見上げている。

「結構立派な図書館だろ？　わりと新しいんだ」

そう話しながら図書館に入る。高い本棚にずらりと並んだ書物を見て、タケルは感激したように目を見開き、口を押さえた。

「ここで読んでもいいし、気に入ったのがあれば十冊まで借りられるから選ぶといい」

タケルは興奮したように頷き、小走りで本棚に向かう。

「あっ、図書館で走ったら駄目だぞ」

学の声に、タケルは我に返った様子で、恥ずかしそうに頭を下げた。

やがてタケルは、本棚を渡り歩き、洋書を手にテーブルにつく。

学は対面に座り、今勉強していることに関連する薬学書を開きつつ、夢中で本を読むタケルを見守った。

本当に、横顔も笑った顔も俯き加減も、表情の作り方、仕草さえも、小夜子を思い出させる。

学は熱心に本を読むタケルを見つめ、再び小夜子のことを思い起こしていた。


小夜子との同居が始まったばかりの頃。

一番大変だったのは、彼女の日用品を確保することだった。

服だけなら男物でも代用できたのだが、下着や生理用品となるとそういうわけにはいかず、何度も学と信治は女性用下着コーナーに足を踏み入れようとしては挫折した。

結局、小夜子を外に出すことは危険であることを承知しつつも、彼女を連れて近所の量販店に出向き、彼女自身に必要なものを買ってもらうことにしたのだ。

毎月、父に多すぎる額の仕送りをしてもらいながらも、無駄遣いせずに地味な生活を続けていた学にとって、小夜子のためのものを買う余裕は十分にあった。

「本当にすみません。わたくしのためにたくさん買いものをさせてしまって」

小夜子は申し訳なさそうに頭を下げる。

購入したばかりの白いワンピースは、目に眩しいくらい似合っていた。

「わあ、小夜子ちゃんかわいい！　似合うよ」

素直な声を上げる信治に、小夜子は恥ずかしそうに俯いた。

「……面倒見るって決めた以上、衣食住を確保することは当然なんだから気にしなくていい。それより、自分のことは自分でするようにしてほしい。食事は当面、俺や信治が作るけど、手伝いもしてもらうし、自分の服は自分で洗濯して干すこと。自分のこともせずに居座られたらたまったもんじゃないからな」

彼女の姿に見惚れてしまったことを隠すように、学は目を逸らして、思わず厳しい言い方をしてしまった。

「ちょっ、学、そんな言い方ねーだろ」

「いえ、学さんのおっしゃるとおりです。ふつつか者ですが、どうかよろしくお願いします」

そう言って丁寧に頭を下げた小夜子は、まだ幼い少女だが、その雰囲気はずいぶんとしっかりとして、落ち着いていた。

そんな小夜子に、信治はデレデレと目を細めたあと、「ったく、学は堅苦しいよな」と肩を上下させた。

たしかに、ついきつい口調になってしまったかもしれない。

それでも、それはそれでよかった、と学は思っていた。

小夜子が世間の常識から外れるほどにお嬢様育ちであることは想像に難くないが、だからといって甘やかすのも違う気がしたからだ。

もし今後、小夜子が生まれ育った家を捨て、新たに生きていくようなことになれば、自分で自分のことくらいできるようになるべきだ、とも感じていた。

「それより、信治。お前もうちにいる以上は自分のことは自分でしろよ。俺は昨日もお前の服を洗濯したんだぞ」

「さーせん」

急に来たとばっちりに信治はバツが悪そうに首をすぼめる。

そんなふたりの様子に、小夜子はクスクスと笑った。

「おふたりはずっと一緒に暮らしているんですか？」

「ううん、今夏休みだからここに居座らせてもらっているだけだよ。普段はたまに泊まりにくるくらいかな」

「仲がよろしいんですね」

「仲がいいというより、幼馴染の腐れ縁だよ」

すぐにそう答えた学に、信治が口を尖らせる。

「そんな言い方ないだろ、親友じゃん」

小夜子はまた楽しそうに笑った。

「それでは、さっそく自分の分の洗濯をいたしますね」

「ああ、洗濯機は洗面所で洗剤は棚にあるから」

小夜子は「はい」と頷き、洗面所に向かった。かと思うと、数分後、洗面所から困ったような声が聞こえてくる。

「すみません、これは、どうやって使うんでしょうか？」

学が洗面所に向かうと、小夜子は洗濯機を前に途方に暮れた様子で佇んでいた。

「洗濯物をこの中に入れて、この洗濯洗剤を入れてボタン押すだけだよ」

学は洗濯機のスイッチを押した。

「洗濯機使ったことないのか？」

「あ……はい。見たことはあるんですけど。ここですね」

小夜子はボタンの確認をした。

「終わったらピーッて音が鳴るから、そうしたら取り出して籠に入れて、ベランダに干すように」

「衣紋掛《えもんか》けはどこにありますか？」

「えもんかけ？」

学はポカンとしたあと、それがハンガーのことだと気付き、プッと噴き出した。

「えもんかけなんて、ばあちゃんみたいなこと言うんだな。ハンガーって言えよ。ハンガーと洗濯ばさみはベランダに出しておくから」

小夜子は恥ずかしさに頬を赤らめながら「は、はい」と頷いた。

「あの……わたくしは本当に世間知らずで、お聞きすることが多いと思うし驚かれることもあると思いますが、その都度、教えていただけますか？」

そう言って見上げた小夜子の真っ直ぐな瞳に、学の鼓動が跳ねた。

黒々とした大きな、少し潤んだ瞳。

「……ああ、勿論。分からないことは教えるし、小夜子の世間知らずに驚くことはあっても、少し慣れてきたから気にすることはないよ」

学は視線を合わせることができないまま、素っ気なくそう告げた。

「ありがとうございます」

嬉しそうに微笑む小夜子。

花が咲くような絶世の美少女の微笑みに、落ち着かない気持ちになる。騒ぐ胸に、息苦しさを感じた。

すると突然、信治が顔を出した。

「小夜子ちゃん、俺も何でも教えてあげるからね」

「はい、よろしくお願いします」

小夜子は、学に向けたのと同じ笑みを信治に見せた。

「っ！」

とたんに信治は耳まで赤くなり、その場に惚けたように立ち尽くす。

――そんな信治が小夜子に想いを抱くようになるまで、そう時間は掛からなかった。

いや、最初から惹かれていたのかもしれない。

そして、自覚こそなかったが、それは学も同じだった。

パタン、と本を閉じる音がし、思い出に耽っていた学は我に返り、顔を上げた。

タケルが洋書を読み終えたようで、再び本棚に戻る。と、今度は写真集を手に戻ってきた。

それは、海の写真集だった。

「海が好きなのか？」

タケルは本に目を向けたまま頷いた。

「もしかして、見たことがないとか？」

そう問うと、タケルは持参していたノートを開いて、サラサラと文字を書いた。

『遠くから見たことはあります』

「そうか、それじゃあ、海を側で見たことはないんだな」

タケルはコクリと頷く。

海の写真集を持ってきたくらいだ。興味があるんだろう。

学は、写真集に掲載されている美しい写真をそっと眺めた。

「それなら海へ連れていってやりたいけど、この辺なら東京湾になるよな。……東京湾なんか行ったら汚くてガッカリするだけだろうな」

独り言のように洩らした学に、タケルは戸惑いながら顔を上げる。

「どうせなら、伊豆とかの海を見せてやりたいよな」

タケルはさらに驚いたように、目を見開いた。

「でも、来週からゴールデンウィークだから、伊豆は混むんだろうな」

ついとタケルの様子を観察すると、彼は淡い期待を砕かれたように目を伏せた。そんなに海に行きたかったわけだ。

その姿が愛らしく、学は頬がゆるむのを感じて、口を手で覆った。

「それじゃあ、明日も休みだし何ならこれから行ってみるか？　電車で遠出するなら追手の目が気になるだろうけど車なら大丈夫だろうし……。そうだな、今から家に戻って用意して出発しても夕方には着くだろうから、夕陽でも見て海の幸を食って一泊で帰ってくるツアー。下手に東京にいるより安全かもしれないし、気晴らしになるだろ？」

その言葉に、タケルは顔を明るくさせて立ち上がった。嬉しさを隠しきれない様子で、目がキラキラと輝いている。

「よし、行こうか。とりあえず、今はここで本を借りるといい。伊豆の宿でも読めるだろ」

タケルは笑顔で何度も頷き、足早に本棚へ向かうと借りる本を選びはじめた。

数十分後、ふたりはほとんど使わないからと父が置いていった車で伊豆へと向かっていた。

タケルは助手席でノートにサラサラと文字を書いて、赤信号で停車中、学に向かって見せてくる。

『ありがとうございます。ぼくのためにわざわざすみません』

相変わらず幼い子どもが書いたとは思えない文字と文面に、学は小さく笑う。

「いいんだよ、俺もたまに海が見たくなるんだ。それに子どもが遠慮するもんじゃない。何よりお前は、小夜子の息子なんだから」

そう答えたあと、学は自分の言葉に少し驚いた。

――何より、小夜子の息子なんだから、か。

そう……俺は、あの頃、小夜子のためなら、何だってしてやれると思っていた。

そして、その思いは今も残っているのかもしれない。

この、小夜子そっくりの少年を前に、どこか『何でもしてやりたい』と感じてしまっている。

それは、理屈ではなくて。

ふと視線を助手席に向けると、タケルは顔を赤らめ、目を伏せている。

学は、胸に何かが詰まり、前を向いて車を走らせた。

伊豆に着いたのは、夕方五時前だった。

出発前に予約を取っておいた旅館に一度チェックインした。そこは、昔家族旅行で行ったことのある宿だ。

部屋に一旦荷物を置いたあと、すぐに海に向かった。

早くしなければ、陽が沈んでしまう。

伊豆の海岸は、空がオレンジ色の夕陽に染まり、海も美しく輝いている。

週末とはいえ大型連休直前のまだ海水浴には早い時季の夕暮れということもあり、浜辺にひと気はなく、ほぼ貸し切り状態で、美しくも壮大な景色を前に、タケルは目を瞠っていた。

「やっぱり、綺麗だな」

ここを訪れたのは、何年振りだろう。

学は懐かしさと眩しさに、そっと目を細めた。

さっきからタケルはしきりに海を指し、学を見上げてくる。

「海に入りたいなら、靴脱げよ。服の着替えはあるけど、靴の替えはないから濡らさないようにな」

その言葉に、タケルは強く頷くと、すぐに靴と靴下を脱いでズボンの裾をまくり、海へと駆け出した。

波を追いかけ、浅瀬に足を入れ、とびきりの笑顔を見せるタケルに、学は口角を上げた。

……小夜子をかくまっていたときは追手の目を気にするあまり、ほとんどどこにも連れていってやれなかった。

心のどこかで、そのことをずっと後悔していた。

箱入り娘で何も知らず、どこにも行ったことがなかった女の子。

今タケルにしているように、変装でもさせてもっともっといろいろな所に連れていってやればよかった。

静かな波の音と、はしゃぐタケルの姿に学は心が癒されるのを感じた。

しばし海岸で遊び、陽が落ちてきたので学は手を上げる。

「そろそろ宿に戻ろう、体を冷やすぞ」

タケルは笑顔で頷き、学のもとに駆け寄ってきた。

濡れた足をタオルで拭い、ふたりは手をつないで海岸から目と鼻の先にある旅館に向かう。

「おかえりなさいませ」

旅館に戻り、笑顔で迎える女将《おかみ》や仲居に学とタケルは会釈をし、部屋に戻った。

窓から海を一望できる和室にタケルは興奮した様子で、身を乗り出して外を眺める。

「夕食まで少し時間があるから、温泉に入ってこよう」

タオルを用意しながら言うと、タケルは大きく頷いた。

旅館も満室というわけではないらしく、大浴場に向かう間も、ほとんど他の客と顔を合わせなかった。

通路を歩きながら、幼い頃、家族で訪れたときからまるで変わっていない旅館の様子に、懐かしさを覚える。

入退院を繰り返していた母が、綺麗な海を見たいと言い、ここに来た。

母の体が弱かったため、家族旅行なんてしたことがなかった。そんな中、ただ一度訪れた、今も学の中に鮮やかに残る父と母との楽しい思い出。

……いつか自分も家族を持ったら再びここに来たいと何となく思っていた。けれど、まさか小夜子の息子と来ることになるなんて。

前を行くタケルを見、学は自嘲気味に微笑む。

露天風呂にふたりでゆっくり浸かってから部屋に戻ると、タイミングを見計らったように仲居が料理を運んできた。

それは見事な和食会席料理だったが、タケルに驚いた様子はない。こうした豪華な和食料理は見慣れているように見受けられた。

たっぷり食べ終えると、タケルははしゃぎ疲れたのか窓の外を眺めたまま、桟に肘をついて寝入っていた。

タケルを抱き上げて布団に寝かせ、広縁の椅子に腰掛けて海に浮かぶ月を眺める。

そういえば、小夜子は月を眺めては悲しい表情を浮かべていたっけ。まるでかぐや姫のようだと、苦笑したことがある。

今まで小夜子のことを思い出さないようにと抑制してきた。

だが、そうは言っていられないときが来たのかもしれない。

もう、逃げずに向き合うべきなんだ。

学はそっと目を閉じた。


小夜子との同居が始まってから一ヶ月が経過した頃……。

それまで、すぐにでも迎えがくるような気がしていつも気を張っていたが、そんな緊張も徐々に緩和されつつあった。

とはいえ外出は極力避け、できるだけ誰にも見つからないようにひっそりと生活を続けていた。

こもりがちの生活でストレスが溜まりそうなものだが、小夜子はいつも楽しそうに笑顔を絶やさずにいた。

そんな小夜子に信治はすっかり夢中になっていた。

「小夜子ちゃんって、本当にすげぇ綺麗だよな。ときどきボーッと見惚れちゃうよ」

ある夜、小夜子が眠りについたあと、信治は勉強の手を止めてつぶやくように言った。

学はそれについては何も答えず、ダイニングテーブルで勉強を続ける。

「なあ、学は小夜子ちゃんに見惚れないのか？」

テーブル越しにこちらへ身を乗り出した信治に、眉根を寄せた。

「小夜子は……まだ、子どもだろ」

できるだけ感情を込めずに言ったが、それは嘘だった。

自分も、いや自分こそいつだって、目を奪われてきた。

ベランダに立つ小夜子の長く艶やかな髪が風になびき、ゆっくりと振り返る姿。

おはようございます、と見せる笑顔。

驚いたときに口に手を当てる姿。

そんな些細な仕草のひとつひとつに、胸が詰まった。

か弱い花のように、少しでも手を触れたら折れて萎れてしまうような、そんな危うい美しさ。

「そうなんだよな、まだ十五歳であの美貌は反則だよ。小夜子ちゃんと結婚しようとしていたオヤジは彼女に逃げられて、かなりガッカリしているんだろうな」

「それは……そうだろうな」

きっと、小夜子の婚約者は、あの美少女を逃してなるものかと躍起になって捜しているに違いない。

もし小夜子を見つけたら、すぐに連れ戻し、祝言を挙げてしまうつもりだろう。

そうしたら小夜子は生涯、その男に妻として仕えなければならないのだ。

それだけは避けねば、と学は強く思った。

無垢で幼い小夜子の存在は、学にとって特別なものになっていた。

決死の覚悟で自分のところに逃げこんできた少女は、何としても守らなければならない存在だった。

それが、同情なのか恋愛感情なのか、分からない。

あの美しさに目を奪われることはあっても、世間に疎く、何も知らない小夜子は自分にとってはまだまだ幼い存在だった。

そんな小夜子も、夏休みも終わりに差しかかる頃には一般的な生活にようやく慣れてきて、掃除も洗濯もこなし、簡単な料理もできるようになっていた。

それればかりでなく、一緒に生活していると、小夜子がとても気が利き、博識な少女であることも分かった。

たとえば学と信治が勉強を始めると、小夜子はタイミングよくコーヒーを出してくれる。

また彼女は古文や漢文、語源や歴史に詳しく、理数系のふたりが読解に苦しんでいるときなどは、

「あの……差し出がましいようですが……」

とアドバイスをくれることもあった。

「中学生だっていうのに、小夜子ちゃんの国語の能力はとくにすごいよね、古文も漢文も歴史も完璧なんだから」

信治が感心すると、小夜子は頬を赤らめて肩をすくめる。

「そんな、子どもの頃から教わっているだけです」

謙遜する小夜子を前に、学は小さく笑った。

「でも、俺らは理数系だから、小夜子が教えてくれると助かるよな」

その言葉に、小夜子はさらに頬を赤らめる。

「わたくし、居候の身なので、少しでもお役に立てると嬉しいです」

そんな風に申し訳なさそうに目を伏せる小夜子に、学はしっかりと視線を合わせた。

「……小夜子。小夜子は自分のことをちゃんと自分でやっているし、いろいろ家事を手伝ってもくれて助かってるんだ。もう、居候とかそういうことは気にしなくていいから。ひとつ屋根の下、俺たち三人は家族みたいなものだろ」

学がそう言うと、小夜子は目に涙を浮かべ、信治は照れたように頭をかいた。

やがて長く短かった一ヶ月半ほどの夏休みが終わり、いよいよ信治が家に帰ることになった。

「夏休みが終わったから家に帰るけど、学校帰りに毎日ここに来るし週末は泊まるから、小夜子ちゃん待っててね」

信治は強い口調で学の許可も取らず当たり前のようにそう言うと、大荷物を持って自宅へと帰っていった。

そうしてふたりきりの生活となったのだが、本当に毎日信治が訪れてきたこともあり、三人の生活と何ら変わりはない、楽しい日々を送っていた。

☯

学は過去を振り返り、改めて楽しい日々だったはずなのだ、と思い、目を伏せる。

最後は数々の疑念が残り、裏切られたような気持ちになってしまったけれど、あの生活は本当に楽しかった。

そっと、深い眠りについているタケルに目を向け、学は優しい表情を浮かべた。

――あれから、六年。

今俺はタケルとの時間を楽しんでいる。

巨万の富を前に、命を狙われているらしい少年。

この子を何としても守らなければならない。そう、他の誰でもない小夜子の息子なのだから……。

学はタケルに布団を掛け直すと、自分も眠りについた。

翌朝は早くから起きて、浜辺を散歩したあと旅館で朝ご飯を食べて、のんびり東京に戻った。

タケルは助手席で屈託のない笑みで、

『本当に本当に楽しかったです、ありがとうございます』

とノートに書いて学に見せた。

「俺も楽しかったよ、また来られるといいな」

学がそう言うと、タケルは笑顔で頷いた。

そうして、翌日。

学は一瞬学校をサボろうかとも考えたが、その日はどうしても行かなければならない日だった。

支度をしながら困り果ててタケルを見る。

「これから、学校に行かなきゃいけないいんだけど、お前を家にひとりで留守番させておくのもな……」

するとタケルは、大丈夫ですよ、とばかりに親指と人差し指で丸を作った。

「いやいや、駄目だよ。やっぱり連れていくか、近所だし。研究室の隅にソファとテーブルがあるから、そこで本を読んだり絵を描いたりするといい」

学がそう言うと、タケルは嬉しそうに顔を輝かせた。

ふたりは身支度をしてマンションを出て、目と鼻の先にある大学院まで歩く。学は校舎を指しながら、

「あれが俺が通う学校だよ。近くて便利だろ」

と言うと、タケルは笑顔で頷いた。

ともに構内に入ると、タケルは好奇心をむき出しにしながらキョロキョロ周囲を見回している。

初めて見るキャンパスが新鮮なのだろう。興奮を隠しきれないタケルの様子は、とても微笑ましく感じた。

「俺が突然、子どもを連れていったら研究室の連中、目を丸くするだろうな」

学がそうつぶやくと、タケルは不安げに見上げる。

「大丈夫だよ、事情を話したら皆、分かってくれるよ。お前は行儀がいいしな。研究室で読書に飽きたら、テレビゲームがあるから遊ぶといい」

テレビゲームがどんなものか分からない様子で、タケルは小首を傾げた。

「テレビゲーム、知らないのか？」

うん、とタケルは頷く。

「さすが、小夜子の息子だな。……小夜子も俗世に疎かったもんな」

ふたりでそんな話をしながら薬学部の研究室に入った。

「おはよう」

学が研究室に入ると数人の院生たちは、

「おう、久瀬、おはよう」

と習慣的に返事をしてから、子どもを連れていることに目を丸くした。

「久瀬、どうしたんだ、そのおチビちゃん」

「お前、子どもいたの？」

呆然とする友人たちに「そんなわけないだろ」と学は肩をすくめる。

「急遽、友だちの子どもを数日間預かることになったんだ。おとなしくて行儀のいい子だから連れてきたんだよ」

「へーっ、子守をしてるんだ」

「すごく、かわいい子」

と声を上げる院生たちに、タケルはペコッと頭を下げ、ノートを開き、スラスラと文字を書きはじめた。

『初めましてタケルといいます。言葉を話せず、ご不便をお掛けすると思いますが、ご迷惑にならないように過ごすので、どうぞよろしくお願いします』

そう書いて、皆に見せた。

「…………」

五歳児とは思えぬ文章と綺麗な字、ごく普通に漢字が書かれていることに学生たちは驚き、互いの顔を見合わせた。

「……な、なぁ、久瀬、この子すごいよな？」

「ご不便をお掛けする……なんて俺も使えない言葉だぜ」

「漢字が書けるのね。字もすごく上手」

学は、「ああ、何だか結構、英才教育を受けているみたいなんだ。すごいよな」と簡単に答え、そのまま研究室の隅にある衝立を指した。

「ほら、あの向こうにテーブルとソファがあるから、本を読んだり絵を描いたり、ゲームしたり、好きに遊んでいていいぞ。今日は昼過ぎには帰れるから」

タケルは頷き、嬉しそうにソファに座ると、本を開いた。

2

その日、たまたま、午前中で授業が終わったため、今日こそチャンスと真美は意気揚々と学の通う大学院へと足を運んだ。

ただ遠くから想っていたって、何の進展にもならない。

自ら行動を起こさないと！

雛子のアドバイスを胸に、決意に拳を握り締め、校門を潜る。

『私は志望校を見学に来た女子高生、何も変なことはないわ』

と理由をつけ、自分に言い聞かせた。

すれ違う大人のオーラを身に纏った学生たちに気圧されながらも、平然と『見学』している振りをする。

ドキドキと鼓動が胸を打ち鳴らす。もし彼に会ったら、交差点で助けてもらったお礼を言おう。

『先日はありがとうございました。こんな所でお会いできるなんて偶然ですね、私は宮下真美と言います。ずっとお礼を言いたいと思っていたんです』

うん、この作戦ね！

そしたら彼が、『お礼なんていいよ、当然のことをしたまでさ』なんて言ってくれて、そうしたら『いえ、それでは私の気がすまないのでお食事でも！』と話を進める。

これじゃあ逆ナンか。親しくなれるならそれでもいいけど……。

そこまで進展しなくても、会話ができて自己紹介ができたらいいな。

真美が何度も脳内でシミュレーションしながら通路を歩いていると、五歳くらいの男の子がノートを手に、キョロキョロしながら歩いている様子が目に入った。

校内に子どもがいるなんて……。

真美は驚きながらも、その子が困っているようにも見えたので、

「ボク、どうしたの？　迷子？」

しゃがみこんで訊ねる。

少年はノートを開き、

『すみません、お手洗いはどこですか？』

と書いて真美に見せた。

瞬時に彼が言葉を話せないことを察した真美は、努めて驚きを表面に出さないようにしながら、

「トイレなら、さっき見かけたわ。いいわ、案内してあげる」

少年の手を取り、トイレに向かって元来た道を戻る。

少年の横顔を見ながら、整った綺麗な顔立ちだ、と真美は息を呑んだ。

何か話しかけようかと考えたが、少年が言葉を話せないことを思い躊躇した。少年はそんな心中を察したのか、真美を見上げてにこりと笑う。

その愛らしさに、真美の胸がキュンと締めつけられる。

トイレの前まで来て、少年は真美に頭を下げた。

「ううん、いいのよ」

真美は笑顔で手を振った。

少年がトイレに入ったあと、真美はどうしたものか、と壁にもたれる。

……あの子が出てくるまで待っていようかな。うん、そうしよう。

何となくそう思いながら佇んでいると、

「タケル、どこ行った?」

と言う男性の声が耳に入った。

いかにも誰かを捜しているような声色に真美は、さっきの少年の保護者であることを察して顔を向ける。

すると、そこには学の姿があり、

「ッ!」

真美は息を詰まらせた。

彼だ! どうしよう、偶然会えたらあのときのお礼を言おうと思っていたけれど、今はそんな雰囲気ではない。

きっと、あの子を捜しているのだろう。

「あのっ!」

思いきって声を掛けた真美に、学は『え?』という様子でこちらを見る。

目が合った瞬間、頬が紅潮し全身に汗をかき、それが瞬時に冷えるのを感じた。

――やっぱり。なんて素敵なんだろう、直視できない。

真美は上ずった声を出さないよう気をつけながら口を開く。

「もしかして、男の子を捜してますか？」

学は戸惑いの表情を浮かべながら、「あ、はい」と頷いた。

「その子なら、トイレにいますよ」

そう言い終えたとき、タケルがひょっこりトイレから出てきた。

「タケル……」

学はホッとした様子で、タケルのもとに駆け寄った。

「何も知らせずにいなくなるから驚いたじゃないか」

学はしゃがみこんで、タケルの顔を覗く。

タケルは申し訳なさそうに眉を下げた。

「いや、無事ならいいんだ。俺もずっと授業で、かまってやれなくて悪かったな」

タケルは首を振る。

「もう、お昼過ぎてたな。お腹空いただろ、何か食いにいこうか」

そう言って学は立ち上がり、よしよし、とタケルの頭を撫でた。

タケルは嬉しそうに頷き、そのまま真美を見て、『ありがとうございました』と言うように深々とお辞儀をした。

真美は戸惑いながらも、「ううん、いいのよ」と手を振る。

「この子がお世話になったみたいで、ありがとうございました」

「いえ、そんな……」

真美は慌てて首を振りながら『この子のお父さんなんですか？』と訊きたかった。

だが、あまりの衝撃に言葉にならない。

かわいらしい少年の容姿は、彼に似ているような気もした。

彼には子どもがいたんだ。ということは、既婚者。

ズキンと胸が痛み、絶望に近い気持ちを抱いたとき、彼の左手の薬指には指輪がないことに気付いた。

結婚はしていないのだろうか？

学校に子どもを連れてきているなんて、もしかして父子家庭なのかもしれない。

「あの……」

真美は一歩前に出ると、立ち去ろうとしていた学とタケルが振り向いた。

「以前、交差点で助けてくれて、本当にありがとうございました」

学は、その出来事を思い出せないかのように、眉をひそめる。

「雨の日に、転んだときです」

すぐにそう付け加えた真美に、学はようやく思い出した様子で、小さく頷いた。

「ああ、あのときの……」

するとタケルが何かを察したように笑顔で真美のもとに駆け寄り、彼女の手をギュッと握った。

「えっ？」

真美が驚いて見下ろすと、タケルが屈託のない笑顔で手を引いてくる。

「一緒に行こうってこと？」

タケルはコクリと頷いた。

「タケル、彼女に迷惑だよ」

「いえ、そんなことないです！」

咄嗟に大きな声を出した真美に、学は目を瞬かせる。

「あ、いえ、あの、学校見学に来たんですけどひとりじゃつまらないし、お腹も空いてきてて、ご一緒できたら楽しいかなって、タケル君とも少し仲良くなれたし」

恥ずかしさから早口で告げる。自分が舞い上がってしまっていることを感じた真美は、真っ赤になって俯いた。

そんな真美の様子を見て、学は「それじゃあ」と口を開く。

「ここの隣にあるレストランでいいかな？」

優しく問う学に、真美は弾けるように顔を上げ、

「はい！」

よ、よかったと胸を撫で下ろした。

そうして着いた先は、真美もときどき利用するごく普通のファミリーレストランだった。

四人掛けの席に案内されるなり、真美はタケルの顔を覗きこむ。

「タケル君の隣に座っていいかな」

その問いに、タケルは笑顔で頷く。

「ありがとう。さっ、タケル君、何食べようか」

真美が隣に座りメニューを開くと、タケルは躊躇なく『お子様ランチ』を指した。

「お子様ランチにするの？　じゃあ、私はレディースセットにしようかな」

真美がつぶやくと、タケルは笑みを浮かべた。

その愛らしい笑顔に真美は、また心奪われる。

「タケル君って……とってもかわいい子ですね」

そう言うと、学は何も答えず微笑した。

「久瀬さんは何を頼むんですか？」

「ああ、日替わりでいいかな」

学はそうつぶやいてから、

「あれ、俺は君に名乗ったかな」

と不思議そうに視線を合わせる。

しまった！

「あ、ごめんなさい、あの……」

あたふたする真美の様子に、学はキョトンとした。

「あの……以前、助けてもらって、お礼を言いたくて大学の先輩に久瀬さんのことを聞いて……それであの……」

「ああ、そうだったんだ、お礼なんていいのに」

そのまま疑いもせずに納得する学に、真美は「いえっ！」と声を上げた。

「違うんです」

真美は覚悟を決めて、しっかりと学を見た。

「何が？」

不思議そうな顔をする学。

真美の緊張がピークに達し、呼吸すら苦しくなる。

ど、どうしよう……。

でも、もうあと戻りできない。これは最大のチャンス！　遠くから見つめていても何も始まらないんだ。

「あ、あの……助けていただいたあのときから、私、久瀬さ……学さんを好きになってしまったんです。それで、この大学に通う先輩にあなたのことを聞いたんです」

真っ赤な顔で、それでもしっかりと告げた真美に、学は目を大きく見開いた。

真美は我に返ってタケルを見る。

「ご、ごめんなさい。私、そうだ、お子さんの前で何てことを……でも、結婚指輪もつけていないし、もしかしたら、父子家庭なのかもと勝手に想像して言ってしまいました。学さん、ご結婚されているんですか？」

真美は紅潮する頬を押さえ、パニックになりながら早口でそう訊ねた。

突然の告白に、学はしばし呆然としている。

同時に、彼女が自分とタケルを親子だと勘違いしていることも知り、くっくと笑う。

突然笑った彼に、真美は動揺し、「えっ？」と目を泳がせる。

「いや、ごめん……。俺は結婚していないし、この子は俺の子どもじゃないよ。友人の子を一時的に預かっているだけなんだ。一緒にいたら親子って勘違いしても無理ないよな」

「そうなんですか……」

安堵と恥ずかしさから、真美の目には涙が浮かんでくる。それを慌てて拭いながら、笑みを見せた。

「それじゃあ、あの、お付き合いしている方はいらっしゃるんですか？」

「いない」と学は首を横に振り、「気持ちは嬉しいけど、今は恋愛とか、そういうことは考えられなくて……ごめん」と目を伏せる。

切なさを感じさせる学の姿に、真美はそっと目を細める。

「……好きな方がいるんですね」

学は苦笑して、頭をかいた。

「その好きな方との恋愛も考えられないんですか？」

身を乗り出した真美に、学は小さく息をつき、遠くを見つめるような瞳を見せた。

「とっくに終わっているんだ」

ぽつりと洩らした学の言葉に、真美は気持ちの重さを感じ取り、口をつぐんだ。

真美の胸は痛んだが、傷つきはしなかった。

彼は、『女の子に告白されたから、とりあえず付き合ってみる』なんてことは、決してしない人なのだろう。

まるで洋服を着替えるかのように、恋人を変え、恋愛をゲームのように考えたりする大学生も多いと聞く。

彼はそうではなく、恋愛に真摯で、とても一途な人なんだ。

この人を好きになってよかった。

「私は諦めません」

真美は真っ直ぐに学を見据えた。

「学さんだって、いつかはまた恋愛するはずです。そのとき、私が側にいられたらと思います」

「……！」

そんな真美を前に、学は圧倒された様子を見せている。

「あ、ごめんなさい、引きました？」

すぐに肩をすくめる真美に、学は小さく笑って首を振る。

「何だか、君が眩しく思えて……」

「えっ？」

「君はきっと、すごく大切に大事に育てられた子なんだろうな」

思いもしない言葉に、真美は眉根を寄せる。

「そんなふうに見えますか？」

「うん。恐れず立ち向かう強さ、愛されて育った強さが、全身からみなぎっている」

これは、褒められているのだろうか？

真美はどう受け止めてよいか分からず、首を捻る。

学は頬をゆるませた。

「……そういえば、君の名前、聞いてなかったな」

その言葉に、真美は顔を明るくさせて、前のめりになる。

「真美です！　宮下真美といいます。これからよろしくお願いします！」

そんな真美を前に、学は何も言わずに会釈を返した。


「――はあああああ」

真美は思いがけない進展に、帰宅後自分の部屋に入ったとたん恥ずかしくなり、ベッドの上を転げ回った。

どうしよう、告白しちゃった！

いきなり告白しちゃった！

……初めてちゃんと会話した学さんは、本当に誠実な人という感じがした。

今まで友人が連れてきたチャラチャラした大学生や、事あるごとに家柄を気にするような人種とはまったく違う。

自分の気持ちも、人の気持ちもとても大事にする人だった。

真美は枕に顔を押しつけて、熱い息をつく。

学さん……好きな人を忘れられずにいるんだ。

どんな人を想っているのだろう？

でも、その人とは終わっているわけだし、他に彼女がいるわけじゃないし、私にも十分可能性があるってことよね。

真美は、むくりと体を起こす。

こうなったら、前進あるのみ、がんばろう！


それから数日間、真美は思いついたことを積極的に行動に移した。

学校帰りに大学の校舎に行き、中庭でタケルの世話をしつつ、学の研究が終わるのを待つ。そんなことが日課になっていた。

その日も中庭のベンチでタケルとスケッチブックに落書きしながら学を待っていたとき、ふと自分の行動が彼にとって疎ましいだけかもしれない、という考えが頭を過り、真美は溜息をついた。

「……毎日、学校帰りに顔出して、学さん鬱陶しく思っていないかなぁ」

するとタケルは『大丈夫ですよ』と書く。

「そう？　大丈夫だと思う？」

身を乗り出す真美に、タケルはコクコク頷いた。

「もうすぐゴールデンウィークになっちゃう。そしたら、しばらく会えなくて寂しいな。

もちろん、タケル君とも会えなくて寂しいのよ」

『学さんの家は学校の近所ですよ』

と、タケルは書く。

「うーん、家まで押しかけるのは、あまりに図々しいじゃない？」

『ぼくは、お休みの間も真美さんに会いたいです』

続いてそう書くタケルに、

「ああ、もう、何ていい子なの？」

そう言って、真美はタケルを抱き締めて、頬ずりした。

「本当に気配り屋さんなんだから、ありがとう」

タケルの頭を撫でていると、

「待たせたね、いつもありがとう真美ちゃん」

作業を終えた学が中庭に姿を現した。

「い、いえ」

真美は自分の頬が瞬時に赤くなることを感じ、それをごまかすように大袈裟に首を振った。

「毎日、来てくれているけど、真美ちゃんは塾とか大丈夫なのかな？」

「私は兄に家庭教師をしてもらっているんで大丈夫です。それより毎日図々しく顔出してすみません」

「俺も研究室でいろいろやらなきゃいけないことがあるから、真美ちゃんが来てくれて助かっているよ、ありがとう。でも無理はしないでほしいと思って」

「無理なんてしてないです！　楽しくて」

必死で言う真美を前に、学は柔らかく目を細める。

「……君は本当に、明るくて真っ直ぐで元気のいい太陽みたいな女の子なんだな。まるで陰と陽だ」

「えっ？」

「いや、俺の知ってる子は、月のような子だったから」

学は目を伏せながら独り言のように言い、気を取り直したように顔を上げた。

「さて、タケル、帰ろうか。真美ちゃん、今日は時間があるからこの辺のカフェでよければケーキぐらいご馳走するよ」

「本当ですか？　この近所なら、オススメのカフェがあるんです」

真美は跳ねるように立ち上がった。

3

その夜、学は、ぼんやりしながら夕食の後片付けをしていた。ふと窓の外を見ると雨が降っているようだ。

「急に降ってきたな。タケル、窓を閉めて」

タケルは小走りで窓を閉めた。

雨足は次第に強まり、雷を伴いはじめる。

「……春の嵐だな」

天気予報を確認しようとテレビをつけると、ちょうどニュースが流れていたのでソファに腰を下ろして何となくふたりで眺めた。

『それでは次のニュースです。

本日午前十時頃、迷子の五歳の少年を連れていた男性が東京都の路上で轢《ひ》き逃げに遭い、意識不明の重体です。事故に遭ったのは大阪府在住の金森信治さん、二十三歳。

なお、一緒にいた迷子の少年に怪我はなく無事保護者のもとに送り届けられました。現在、警察は轢き逃げした犯人の行方を追っています』

「――っ！」

学は言葉を失い、タケルは真っ青になって立ち上がり、テレビの前に駆け寄った。
信治が男の子を連れているときに、轢き逃げに遭い、意識不明の重体だって？
迷子の少年を連れていた。それは、五歳の男の子……。
学はハッとしてタケルを見下ろす。
もしかしたら……轢き逃げ犯は、その少年をタケルだと思ったのだろうか？
だとしたら、タケルを狙う者は、本当に手段を選ばない。
背中をひんやりとした汗が伝った。
タケルはテレビ画面を睨むように見ながら拳を握り締めている。
「……タケル」
学は声を掛けたもののそれ以上何も言うことができず、そっと、タケルを抱き上げた。
その小さな体は小刻みに震えていた。
「タケル、もう寝ようか。お前が寝るまで側にいるから」
学はそう優しく言うとタケルをベッドに寝かせ、自分も隣に横たわる。
とたんに激しい雷鳴が轟き、タケルは身を強張らせた。
「大丈夫だよ」
学はタケルの体をぽんぽんと撫でた。
あの夜も、こんな嵐だった。

学はタケルを寝かしつけながら、先ほどのニュースを思い出し、眉をひそめる。

いったい、何がどうなっているんだ？

あの日から、何もかも分からないまま時間が止まっている。小夜子のことも、信治とのことも……。

——季節は秋へと変わり、学と信治の受験勉強もいよいよ佳境を迎えていた。

学は、ベランダに出て枯れた木々を眺めながら、『小夜子が来てからもう三ヶ月になるのか』と息をつく。

小夜子に側にいてほしいと思う気持ちと、まだ幼い彼女をこのままずっと預かっていていいのか、と思う気持ちが常に交錯していた。

彼女の実家では、きっと今も血眼になってその行方を捜しているのだろう。

だが、この三ヶ月間、家に閉じこもっていては精神的によくないと、小夜子は近所に買いものにいくこともあったし、一緒に散歩にいくこともあった。

その際、とくに何の支障もなく、彼女を捜している輩と遭遇したことがなかった。本当に捜しているのだろうか？　と思うことすらあった。

そんなとき、信治が学の気持ちを代弁するように言った。

「三ヶ月も小夜子ちゃん家出状態で、家の人たちはどう思ってるんだろう？　もう警察の捜索が入っているのかな？　いつまでもこのままでいいのかな？」

「――そうだな」

もうひとつ、学には思うことがあった。

実は、小夜子にはときおり誰かと連絡を取っているような様子があったのだ。

先日も学が学校に出かけたあと、忘れものに気付き家に戻ると、慌てて電話を切ったのを見てしまったが、気付かぬ振りをした。

家族の誰かと連絡を取っているのだろうか？

「このままじゃ、ダメだよな。どうしたらいいのか分からないけど……。それに俺たち、受験の結果次第ではどこの大学に行くか分からないし、いつまでもこのままは難しいと思う」と、信治は目を伏せる。

「そうだよな」

「それにさ、気になるんだよ」

「うん？」

「小夜子ちゃん、最近、思い詰めた顔してて……」

学は、ああ、と小声で頷く。

それは、学も気付いていたことだった。

それからの学は、小夜子との会話の機会をうかがっていた。

誰に連絡をしているのか確認したうえで、しっかりと先のことについて話したいと考えていた。

あれは、そんな頃……信治が実家に帰っているときのことだ。

——季節外れの嵐の夜だった。

窓を叩きつける激しい雷雨を耳にしながら、学は自室のベッドに横たわっていた。

すごい嵐だな、隣で寝ている小夜子は怖がっていないだろうか？

ベッドの中で彼女を心配していると、部屋をノックする音が響いた。

「……どうぞ」

上体を起こして部屋の照明をつけようとしたが、停電状態らしく、スイッチを押しても部屋は暗いまま。

そんな中、そっと小夜子が部屋に入ってきた。彼女は暗がりの中でも分かるほど不安に怯えたような目を見せている。

自分の思惑どおりだったので、学は小さく笑った。

「今、小夜子が怖がっているんじゃないかと心配してたんだ。すごい雷だよな、怖かっただろ」

言い終わらないうちに、小夜子はそのまま駆けてきて、学に抱きついた。

雷が鳴り、部屋の中に閃光が走る。

小夜子は学に抱きついたまま、体を震わせていた。

しっかりとしがみつく、小夜子のか細い腕。

学は一瞬頭が真っ白になりながらも、小刻みに震えている小夜子の体に、すぐに我に返った。

「――そんなに怖いのか？」

ドキドキと学の心臓が早鐘を打っていた。

小夜子はしばし何も答えなかったが、ややあって小さな声でつぶやいた。

「……ご一緒してもよろしいですか？」

消え入りそうなか細い声。

学は何を言っているのか分からず、再び頭が真っ白になる。

だが、ギュッと目を閉じて、体を震わせる小夜子の姿に、今夜はここで寝たいという意味だとすぐに理解した。

ゴクリ、と自分の喉が鳴ったのが分かる。静かな部屋に、その音が響いたのではないかと心配になるほどに。

「……あ、ああ、それじゃあ小夜子はベッドで寝るといい。俺は下に布団を敷くよ」

すぐにベッドを降りようとすると、小夜子は学のパジャマの裾をしっかりつかみ、潤んだ瞳で見上げた。

「ここで……学さんと一緒に」

バクン、と学の心臓が強く音を立てた。

――ここで一緒に？

ザーッと響く雨の音に思考が乱れる。

俺はバカだ。

何を考えているんだ。世間知らずで幼い小夜子にとって、一緒に寝ることに深い意味などない。

ただ、怖いだけなんだ。

学は動揺する心を落ち着けるように、そっと息を吐き出して笑みを浮かべた。

「ああ、分かったよ。それじゃあ小夜子が眠るまでちゃんとついてるから」

そのまま小夜子を隣に寝かせて、優しく布団を掛けた。

隣に横たわる華奢な体。

自分を見つめる潤んだ大きな瞳。

体が、熱い。

これは軽く拷問だな。自分はベッドに座ったまま苦笑すると、そっと小夜子の頭を撫でる。

すると、小夜子はそっと体を起こして、ギュッと学の背に抱きついてきた。

この強い鼓動は、自分なのか、小夜子なのか。

「――わ、わたくし……学さんが好きです」

耳元で囁かれた、小さな声。

雨の音に紛れるのではないかと思うほどに、か細く。

しかしそれは学の思考のすべてをかき乱すには十分だった。

学は何も答えることができず、そっと振り返って小夜子を見下ろす。

「今夜だけでいいです。わたくしを……学さんのお嫁さんにしてください」

雷鳴が轟く中、学は目を見開いた。

衝撃的だった。

今夜だけ……。お嫁さんに……。

彼女の言葉を十分に理解していた。

今ここで、抱いてほしいと言っているのだ。小夜子はちゃんと意味を分かって、この部屋を訪れたのだ。

「さ、小夜子……自分の言っていること、分かっているか？」

戸惑い尋ねる学に、小夜子は小さく頷いて、そのまま自分のパジャマの前ボタンを外しはじめた。

上から、ひとつひとつ外されていくボタン。

学の体は硬直したまま、微動だにできなかった。しかし視線は小夜子を捉えたまま、瞬きすらできない。

すべてのボタンが外れて、はらりとシーツに落とされた。目の前にあらわになった、小夜子の白い肌。

「小夜子……」

学の指先がその華奢な肩に触れた瞬間、

「っ！」

ビクンと小夜子は体を震わせて、目を見開き、恐怖に引きつったような顔を見せた。

学は瞬時に、自分の手を止めた。

そのとき見せた小夜子の表情は、学に十分すぎるほどの理性を取り戻させた。

小夜子は、本当はこんなことを望んでいない。無理をしているのだと。

なぜ、突然こんな行動に出るのか。冷静に考えると思い当たる節があった。

最近ずっと、思い詰めた表情をしていた小夜子。

今夜だけというのは……、もうすぐ家に帰るつもりなのかもしれない。

ここで思い出を作って、許婚《いいなずけ》のもとに行く覚悟をしているのか？

それとも、これは、すべて家の思いどおりに動かされる小夜子の精一杯の抵抗なのだろうか？

真意を訊ねようとしたが、緊迫した雰囲気に気圧され、訊くことができない。

小夜子は俯いたまま、今も体を震わせている。

学はそっとパジャマを小夜子の肩に掛けて、そのボタンを留めた。

「学さん？」

小夜子は戸惑ったような顔を見せた。

小夜子が愛しかった。彼女の言葉に流されるままに、このぬくもりを感じられるままに、強く抱き締めてすべてを奪ってしまえたら……。

しかし今も震え続ける細く壊れそうな小さな肩と、まだ成熟していない華奢な体。

今も、見せる表情は、とても痛々しい……。

愛しいけれど、いや、愛しいからこそ、欲望のままにこの体を押し倒すことは、学にはできなかった。

すべてのボタンを留め終えて、学はそっと小夜子の頭を撫でる。

「ありがとう。俺も小夜子が好きだよ。本当に大切に思っている。でも小夜子はまだ十五歳なんだ。自分が思う以上に、小夜子はまだ子どもなんだ。もっと心と体を育てて、そのときに……まだ小夜子が俺を好きでいてくれたら……」

「学さん……」

小夜子は大きな瞳から、ポロポロと涙を零した。

愛しさに胸が詰まる。

「あなたは……やはりわたくしを受け入れてくれなかったですね。心のどこかで分かっていました。それでも……もう一度、気持ちだけは伝えさせてください。学さん、わたくしはあなたが好きです……好きです」

頬を伝う涙が美しく、胸が痛い。

次の瞬間、小夜子はそのまま逃げるように部屋を出ていった。

腕に、余韻が残る。

――小夜子、俺も君が好きだよ。

死を決意した君の前にたまたま現れた俺という存在は、君に錯覚に近い強い感情を抱かせてしまったのだろう。

その錯覚から脱しても、まだ俺を求めてくれるなら……。

君が大人になれば……そのときは……。

今、ハッキリと気が付いた。

愛しているんだ。彼女は、何にも変えられない、宝だと――。

学は胸に迫る想いに、そっと目を伏せた。

それから数日間、ふたりの間によそよそしい空気が流れた。

信治も不審に思ったようで、『ふたりとも、喧嘩でもした?』と聞いてきたが、学はそれを適当にあしらっていた。

そうして——あの日が来た。

その日は土曜日で信治が泊まりにきていた。

奇しくも、その夜も激しい嵐であり、窓を打ちつける雨の音と雷鳴に、学は深夜に目を覚ました。

ふと横を見ると、ベッドの横に敷かれた布団に寝ているはずの信治の姿がない。

……トイレにでも行ったのか?

深く考えず喉を潤そうと部屋を出ると、リビングからかすかにうめき声が聞こえた。

小夜子の声だ。

苦しげな声に、小夜子の体調に異変でも起きたのかと、勢いよくリビングのドアを開けた。

その瞬間、目を疑うような光景が飛びこんできた。

リビングの床で全裸で絡み合う、信治と小夜子の姿——。

「ま……学」

信治は焦ったように小夜子の体から離れる。小夜子に抵抗していた様子はなく、信治の行為を受け入れていた。

一瞬、何が起こったのか、自分が何を見ているのか分からなかった。

小夜子の美しい白い肌と、信治の恐怖に引きつったような顔が脳裏に焼きつく。

小夜子は動揺した様子も見せず、無表情のまま体を起こした。

その何も感じさせない表情は、学の心を打ち砕いた。

小夜子が大切だった。だから幼い彼女が大人になることを望んだ。

しかし、彼女はそんなものは求めていなかったのだ。

『好きです』と涙した小夜子。

信治にも自分と同じことを言っていたのかもしれない。ふたりは以前から関係があったのかもしれない。

そのときは、何もかも信じられなく、何も考えられなくなっていた。

「……出て、いけよ」

低い声でそうつぶやく。

「お前らふたりとも出ていけよ！」

怒りに震える拳を握り締め、腹の底から怒鳴ると、しんとした静寂が訪れる。

信治は顔面蒼白になり、決して目を合わせようとはしなかった。

小夜子はゆっくりと服を羽織って、正座をし、

「今までお世話になりました」

深く、頭を下げる。

そうして、ふたりは逃げるようにこの家から出ていった。


それから、一度もふたりとは顔を合わせていない。

信治はその後、受験を間近に控えた状態だというのに家族で関西に引っ越した。

詳しい事情は、よく分からないが、信治の父親が関西の企業に転職することになったそうだ。単身赴任でもよかったのだろうが、俺と気まずくなった信治が家族を説得して父の所に行くことを決めたに違いない、と学は解釈していた。

だがそれも、今にして思えば小夜子の家が絡んでいたのかもしれない。

風の噂で信治が関西の私大に進学したということだけは聞いたものの、その後のことは何の情報も得られないままだった。

また、情報を得ようともしなかった。過去に蓋をして、目を背けて生きてきた。

自分の中で、時が止まったままだった。あれからずっと、煮え切らない気持ちを抱いたまま。

そして六年後の今になって、信治はタケルを連れて現れた。

学は眠りについているタケルの頭を撫でて、眠っていることを確認してから部屋を出る。

そのままリビングの食器棚の引き出しを開けた。

そこには、預かった白い封筒が入っている。

その中にある便箋を取り出した。

『どうか、建をよろしくお願いいたします』

筆で書かれた、とても綺麗な小夜子の字。

すべてあのまま、あの日のまま止まってしまっている。

『……学さんが好きです』

耳の奥に蘇る声。なぜなんだ、という苦しい思いに苛まれる。

「……っ」

——小夜子。

あのとき流れなかった涙が、今になって溢れ出した。

第三章 少年の告白

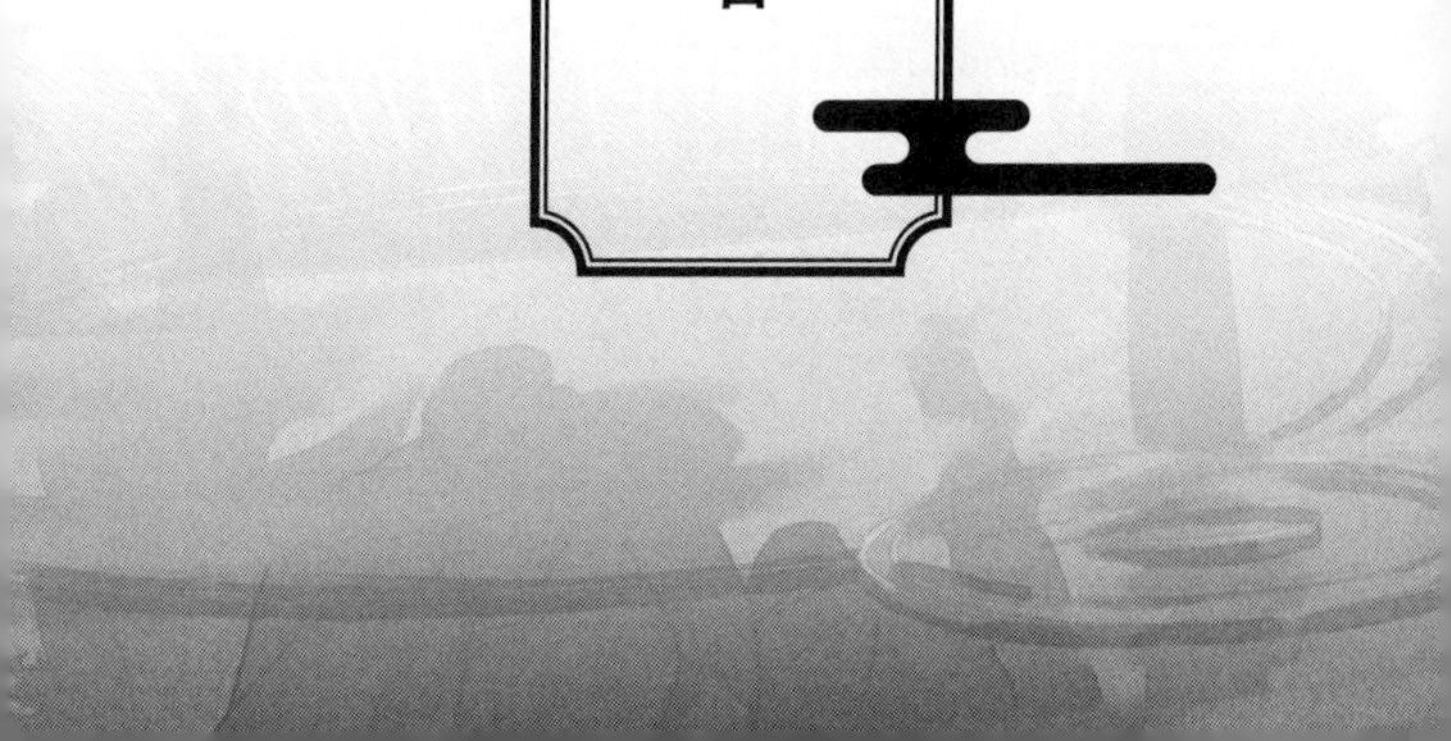

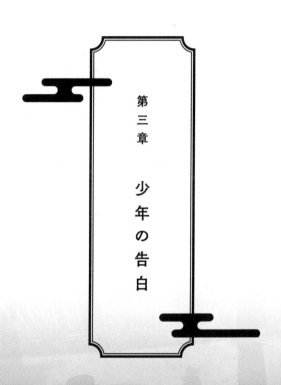

1

ずっと憧れてきた人と親しくなれた。

真美は今、人生最大の喜びと興奮の中にいて、授業中も休み時間も浮かれたままだった。

「ねえ、最近の真美、何か張り切ってない？」

友人にそう訊かれ、真美は頬をゆるませる。

「分かる？　聞いて聞いて、ほら、私の好きな人いるでしょう？」

「ああ、あのカッコイイ大学院生のお兄さん？」

「実は告白しちゃって、今結構親しくさせてもらってる！」

その言葉に、友人はキャーッと黄色い声を上げた。

「すごいじゃない。で、付き合うことになったの？」

「ううん、断られちゃったんだけど、でも彼、今彼女もいないのよ。前に好きだった人を忘れられないみたいなのよね」

「そんなの真美が忘れさせてあげればいいんだよ」

「だよね？　そう思うよね？」

「うんうん、思う思う、彼女いないいなら問題ないよ」

「そうなの！　だから、今日もね、学校帰りに彼の所に行こうと思って」

「行きなよ、ガンガン行きなよ！」

「うん、ガンガン行くわ！　明日からゴールデンウィークだから、今のうちに親しくなりたいの」

「いいじゃん、それ。ゴールデンウィークも一緒に出掛けちゃいなよ」

「うわぁ、そうしたい！」

　ふたりはまた黄色い声を上げた。

　真美は学校が終わるやいなや、隣接する大学院に向かう。

　鬱陶しいと思われたってかまわない、私のことを心に住まわせたい。

　真美が歩道を走っていると、ちょうど校門から学とタケルが出てきた。

「学さん、タケル君！」

　大きく手を振る真美に、学は、ああ、と顔を上げる。

「真美ちゃん」

「今、お帰りですか？」

　間に合ってよかった、と真美は息を弾ませながら駆け寄る。

「うん、そうなんだ。タケルの読む本がなくなったから、これから図書館にでも行こうと思って。タケルはそろそろ真美ちゃんが来る頃だとそわそわしていたんだよ」

その言葉に、真美は顔を赤らめ、「もう、タケル君ったら」とギュッと抱き締めた。

「ぜひ、ご一緒させてください！」

そのとき、背後でクラクションが鳴った。

「真美お嬢様」

低い男の声に、真美が戸惑いながら振り返ると、黒光りした高級車の前に、サングラスを掛けた濃紺のスーツの男が後部座席のドアを開けている姿があった。

見覚えのない男の姿に、「あなたは？」と真美は小首を傾げる。

「失礼いたしました。この度、宮下家の第三秘書となりました菊池《きくち》と申します。お父様がお呼びです、お乗りください」

秘書は後部席の扉を大きく開いた。

ときに緊急でこうした迎えがあるため、真美はうんざりしながらも頷いた。

また、どうせ、急遽入った食事会に参加しろとかいうのだろう。せっかく学さんと交流を深めようと思ったのに……明日からゴールデンウィークなのに。

でも、私だって政治家の娘。恩恵を受けている分、返さなきゃいけないこともあるわけで……。

「学さん、タケル君、ご一緒したかったんですけど、家の迎えがきてしまって、すみません」

真美は残念な気持ちを顔に出しながら、学に会釈する。

「ああ、それじゃあまた」

学は片手を上げて、タケルとともに図書館に向かって歩き出す。

真美は小さく息をついて、車に乗りこもうとした。

その瞬間、タケルが弾けるように振り返って、真美のもとに全力で駆けてきた。

――タケル君？

戸惑う間もなく、タケルはしっかりと真美の手首をつかむ。

「真美さん、乗っちゃ駄目です！　そいつは誘拐犯だっ！」

突然、声を上げたタケルに、

「えっ？」

真美も学も大きく目を見開いた。秘書を名乗った男は仰天しながらも、

「くそっ！　いいから乗れ！」

と真美の腕を強く引いた。

「――やめっ」

学が駆け出そうとしたそのとき、タケルはパンッと両手を合わせたかと思うと、男の体に掌を当てる。

「ッ！」

その瞬間、男はまるで巨人に腹を殴られたかのように、吹っ飛んで車に激突した。

「っ？」

その場にいた誰もが何が起こったのか分からず、呆然とする中、

「ち、ちくしょう、逃げるぞ」

男は車に乗りこんで、そのまま走り去っていった。

真美は去った車を何となく眺めたあと、そっとタケルに視線を移した。

いろいろと、よく分からない。けれど……それより何より。

「タケル君、喋った！」

真美はしゃがみこんで、タケルの両肩を包んだ。

「タ、タケル、お前、喋れるようになったんだな！」

学も、すぐに駆けつけて、タケルの頭を撫でる。

ふたりが浮かべる歓喜の表情を前に、タケルは申し訳なさそうに目を伏せた。

「学さん、真美さん。申し訳ございません。ぼくは……最初から喋ることができました」

沈痛な面持ちでそう告げたタケルに、学と真美は「え？」と動きを止めた。

「……どういう、ことだ？」

「ああ、本当にどういうこと？」

詰め寄るふたりに、タケルは弱ったように肩をすくめる。

「喋れなかったのではなく、『喋ってはいけなかった』のです」

「喋ってはいけない？」

「ぼくは遺産相続争いを逃れるために、逃げていたのではないんです。騙すつもりではありませんでした。ごめんなさい」

「どういうことだ？　でも、身を隠してはいたんだよな？」

「――はい。ちゃんとお話しします。ぼくの本当の事情のすべてを……」

そう言ってタケルはしっかりと顔を上げた。

意を決したような強い眼差しに、学と真美は圧倒され、何も言えずに顔を見合わせた。


「お、お邪魔します」

真美は、遠慮がちに玄関に足を踏み入れる。

込み入った話になりそうだったので、学のマンションで話すことになったのだ。

初めて入る学の部屋に、緊張と嬉しさが入り交じり、落ち着かない気持ちで、真美は廊下を歩いた。

ここが、学さんの住んでいる部屋。

男の人の部屋に来たのは初めてだ。てっきり散らかっていると思って、もしそうなら片付けてあげようと張り切っていたのに、とても綺麗だった。

タケルは「あ、そうだ」と真美の方を向く。

「真美さん。ご自宅に電話した方がいいですよ。……せっかちな誘拐犯の片割れが、あなたの家に脅迫電話を掛けていて、あなたの家は大変な騒ぎになっているはずです」

「えっ？　……あの、学さん、お電話お借りしてもいいですか？」

「……ああ、どうぞ」

戸惑いがちに頷く学に、真美は半信半疑ながらも、受話器を手に自宅に電話を掛ける。数度の呼び出し音で『はい、宮下です』と強張った口調の使用人の声が耳に届く。

「あ、私、真美だけど、ママいる？」

「お嬢様、ご無事なんですか？　今、誘拐犯と名乗る男から、お嬢様を誘拐したという電話が入ったんです」

タケルの言葉どおりだったので、真美は息を呑んだ。

「嫌だ、私は誘拐なんてされてないわよ」

そう言うやいなや、電話口から母の声がした。

「真美ちゃん！　大丈夫なの？」

「うん、大丈夫、誘拐なんてされてないわよ」

「ああ、よかった！　今どこにいるの？　すぐ迎えにいくわ」

「あっ、ちょっとまだ用事があって、もう少ししたらタクシーで帰るから大丈夫よ。とにかく私は誘拐なんてされてないから心配しないでね」

家族が心配していることは重々承知していたが、タケルがなぜこのことを知っているのか早く真相を知りたく思い、一方的に電話を切った。

「本当に……本当に電話が行ってた。どうして？」

真美は洩らすようにつぶやく。学も同じ気持ちで、タケルを見つめた。

「ねえ、どうして分かったの？　その前に、あの男が誘拐犯だって、どうして知ってたの？」

タケルは一度目を伏せ、ゆっくりと顔を上げる。

「……ああ、真美さんは雛子様にお会いしたんですね。あなたとは、そうしたご縁があったんですね」

「雛子様？」と学は小首を傾げた。

「ええ？　どうして、私が雛子様と会ったことがあるのを知っているの？」

真美は混乱して、目を泳がせた。

「雛子様とお会いしているなら、お話は早いと思います」

タケルはそう言ってソファに座り、真美に視線を送る。

「ぼくと雛子様は親戚です。ぼくにとって雛子様は大おば様にあたります」

祖父や父が尊敬する『雛子様』。巫女のような姿をしたおそらく霊能者で、何もかも見透かすような目をしていた。

実際、何もかも見透かされたように感じた。そんな彼女とタケル君が親戚だった……。

「で、雛子様って何者なんだ？」

「え、ええとですね。すごい霊感のある巫女さんみたいな方なんです」

そう言って真美もソファに腰掛ける。学が隣に座り、タケルと向かい合う形になった。

タケルは膝の上で手を組んで、話しはじめた。

「改めて自己紹介させてください。ぼくの本名は建物の『建』に『王』と書いて『建王《タケルノミコ》』といいます。代々苗字はあまり使っていないのですが、藤原《ふじわら》と言います」

「藤原建王か……」

学は、復唱して相槌を打つ。

「突拍子もない話に驚かれると思いますが、先に結論から言いますと、ぼくたちの家は卑《ひ》弥呼《みこ》の末裔です」

へっ、と真美は素っ頓狂な声を上げ、学は眉根を寄せる。

「言うなれば、代々皇室に仕え、国の吉凶を占うことを生業《なりわい》とした陰陽師一族なんです」

卑弥呼の末裔で、皇室に仕える陰陽師一族。

「えっと、卑弥呼って……あの邪馬台国《やまたいこく》の？」

「はい、そうです」

「急に、突飛な話だな……」

学は混乱する頭の中を落ち着かせるように、額を押さえた。

「そうですね。急にこんな話をしても、信じられないと思います。ですから、これからぼくが話すことは、『幼子の世迷言《よまいごと》』と流していただいてかまいませんが、まずは訊いていただけたらと思います」

そう言うタケルに、ふたりは顔を見合わせる。

先ほどまで、話すことができず、ただ愛らしく微笑んでいた少年は今や別人のようだった。五歳とは思えぬ大人びた口調に、しっかりとした眼差し。

タケルの言うことが真実か否かはさておき、彼が普通の少年ではないということだけはハッキリしていた。

「まずは、先祖の話からさせていただきたいと思います。これはおとぎ話のように聞こえるでしょうし、皆さんが学校や書物で学んだ『邪馬台国』、そして『卑弥呼』の話とは違い、戸惑われると思いますが……」

タケルはそっと口を開け、自分のルーツを語りはじめた。

2

それは神話の時代の話——。この国の政治の中心が出雲《いずも》（島根県）にあった頃、大国主《おおくにぬしの》命《みこと》という男が国を治めていました。

ある日、大国主命が心の声に誘われるままに、竹林を散歩していると眩しい光を目にします。

その光の中には、幼い女の赤ちゃんがあり、眩い光を放つ赤子の姿に驚く大国主命に、天の声が届きます。

『その子を、我が子として育てるように』と……。

大国主命は天の声に従い、その子を屋敷に連れて帰り、『この世を照らす子』ということで『照子《てるこ》』と名付けました。

これが後の卑弥呼となります。

ここの部分は、やがて『かぐや姫』のストーリーにデフォルメされることとなるのですが、その後の話は、かなり変わってきます。

国王である大国主命の養女、つまりは出雲の皇女となった照子はつつがなく成長し、彼女はやがて眩いばかりに美しい女性となり、人々を魅了していきました。

そんな彼女には幼い頃より、類稀《たぐいまれ》な能力があったのです。未来を予知し、神の声を聞くという能力です。

照子はその神通力を国家のために遺憾なく発揮し、やがて国民から『神の子』と謳《うた》われるようになります。

しかし、その抜きん出た能力とカリスマ性は、大国主命を脅かすようになりました。国民が照子を王位に就かせることを望むようになると、国民の声に推されるように、徐々に照子自身も誰よりも力のある自分こそが国王になるべきだと思うようになります。

大国主命は、そんな照子が疎ましくてなりませんでした。捨て子だった彼女を拾い、我が子同様に育てた恩も忘れ、自分に反旗を翻す不届き者と彼女を憤り、国外に追放しようとするのです。

しかし大国主命の息子たち――つまり皇子たちも、

『神の声を届ける彼女は、いわば神の使い、そんな彼女こそ国王にふさわしい』

と主張し、父である王を裏切り彼女の味方についてしまいます。

親子の骨肉の争いは、やがて国中を巻きこんでの戦争になっていきました。激しい戦いが続きますが最後は、近江《おうみ》（琵琶湖《びわこ》）のほとりで大国主命と息子皇子のひとりが一騎打ちとなりました。激しい親子対決が繰り広げられ、結果的に大国主命は息子に首を取られ、死に絶えるのです。

しかし死に際に激しい怒りと憎しみを放ち、『必ずや照子を呪い殺す』という言葉を遺しました。

父を殺《あや》めた息子皇子は、その怨念を自分ひとりが引き受けるべく大国主命の首を持ったまま、真冬の近江に身を投じました。

そうして、ようやく照子は念願の女王となります。

女王となる条件は、大国主命の息子のひとりと結婚すること。

天照大神《あまてらすおおかみ》の末裔と謳われた王の血族を崇拝する国民の感情を逆撫でしないよう、また、王家の血を絶やさず新たな国家を作るためでした。

照子は大国主命の息子と結婚します。

それにより、照子は王妃の神子と書き『妃神子《ひみこ》』、または、国の太陽の象徴であるという云われから『陽神子《ひみこ》』と称されるようになります。

実は、『卑弥呼』という漢字は中国で当てられたもので、実際はこの漢字でした。

妃神子が女王となって最初にしたことは遷都でした。

大国主命の念が強く残る出雲の地を捨て、理想の地を求めて移住を続け、最終的に大和《やまと》（奈良県）に都を移します。

妃神子は新たな国家においても神通力を発揮し、豊かな国を築いていきます。外交も成功し、国民に愛され、しばし平和な日々が続きました。

しかしやがて毎夜、大国主命の激しい怨霊に襲われるようになります。眠ることも敵わず、やがて妃神子は怨念に取り殺されるように衰弱死してしまうのです。

皇室は、妃神子が衰弱死したことを国民に伝えませんでした。

彼女は国民に神のように思われていたからです。死んだことすら公表できず、

『妃神子様は、神の国に還ってしまった』

と国民に伝えたのです。

妃神子亡きあと、彼女の息子のひとりが王に……『帝』となりました。

帝には数人の子どもがいましたが、その中にたったひとり、照子の能力を強く引き継ぐ娘がいました。

娘は今も残る大国主命の呪いを鎮めるため、出雲に行き神に仕える神子となりました。

これが、我が一族の間で『ふたつの血族』と呼ばれるようになります。

皇室の血族『伊勢《いせ》』と、出雲に戻った娘の血族『出雲』です。

『出雲』の神子は神に仕え、その後、自分の神託能力に衰えを感じたら引退し、皇室の者と婚姻関係を結び、子孫繁栄に努めてきました。

そうすると、必然的に『伊勢』よりも『出雲』の血族の中で、強い霊力を持つ者が生まれてくるようになります。その者は災厄を祓い、国の吉凶を占うようになり、国家の陰陽師として仕えるようになっていきました。

以来、一族の中で一番霊力のある者が『大神子《おおみこ》』となり、帝に仕え、国家繁栄のために神託を告げ、皇室を取り仕切るようになりました。

その力と影響力は絶大で、やがて大神子は陰の天皇と囁かれるほどの実権を握るようになり、国民すら操るようになったのです。

それを疎ましく思った『伊勢』側である皇室は、出雲の大神子が権力を持ちすぎないよう抑えつける企てをします。

『大化の改新』時にその思惑は成功し、改新以降大神子は表舞台に立つことが許されなくなりました。

やがて国民にその存在すら知られなくなり、ひっそりと皇室や貴族の者に神託を降ろす、本当に陰の存在となったのです。

タケルはそこまで話して、顔を上げた。

「ぼくはそんな『出雲』一族の末裔なんです」

「卑弥呼の末裔か……つまり巫女の一族なんだな」

突飛な話に自分を納得させるようにつぶやく学に、タケルは「ええ」と頷く。

「ちなみに、現代で神社で仕事をしている『巫女』とは漢字が違っていまして、神に子と書いて、『神子』です。出雲一族の人間の流れを汲む者は、能力の有無にかかわらず、男は神官、女は神子と呼ばれます」

学と真美は、へえ、と洩らす。

「またその配下に、賀茂《かも》家や安倍《あべ》家といった陰陽師たちが存在します。ぼくたちは、その陰陽師たちを束ねる一族。そして、一族の頂点に立つ者が『大神子』、または『大宮司《だいぐうじ》』となります。さらにその上に一族の長老的存在の『大神主《だいかんぬし》』がいます。大神主は引退した大神子か大宮司の中から選ばれますが、基本的には隠居の身なので表舞台に立ちません。ですが新たな大神子、大宮司を選ぶのは、大神主の仕事です」

想像を遥かに超えた話に、学も真美もただポカンとしていた。

「そ、それじゃあ、あなたの大おば様の『雛子様』っていうのは……？」

戸惑いながら口を開いた真美に、タケルは笑みを返した。

「十年前の大神子様です。先ほども言いましたが、一族の中で一番能力のある者が大神子となります。彼女は本当に素晴らしい力の持ち主でした。ですが十年前に突然病に倒れ、それと同時に力のすべてを失ってしまいました。その後は二番手といわれた者が大神子となったのです」

「――はぁ」

真美は何となく頷きながら、

「そっか、それで、お父さんやお祖父ちゃんが雛子様をあれほど敬っていたんだ。やんごとなき一族の神子だったんだ。そういえば、彼女はたしかに病に倒れ、最近体調を整えると同時に力も戻って、今、皇居に身を置いている、とも言っていたし」

真美は納得して、首を縦に振る。

「それで、どうしてお前は命を狙われているんだ？　それに、どうして話してはいけなかったんだ？」

身を乗り出した学に、タケルは目を伏せる。

「それについても、これから説明しますね」

静かな部屋に、ごくりと真美が喉を鳴らした音が響く。

タケルはそっと、口を開いた。

「……優れた能力を持っていても、人格的に問題のある者が『大神子』に選ばれることが長い歴史の中で何度もありました。その都度、それが世の乱れにもつながっていました。過去の歴史の中、欲は何も生まないことを頭では分かっていても、どんなに神子教育を徹底しても、大神子の中に強い支配欲を持つ者が現れてしまうのです」

話を聞きながら、学と真美は黙って頷く。

大化の改新で表舞台に立てなくなった『出雲』の一族。

それが故に、権力欲が強くなるのは多く政治家を見てきた真美には理解できる気がした。常に光を浴びている、皇族――『伊勢』の一族に妬みを抱くようになったのだろう。

「大神子は、その力を持って、世の中を操りたいと思うようになることが多いのです。ですが、負の感情を持っていては神の声は正しく伝えられません。魔や念が入ってしまうからです。ですが、雛子様は違いました。人格的にも素晴らしいお方でした。彼女が大神子となり権力欲で汚れていた『出雲』一族は立て直されつつありました。しかし突然病に倒れて引退してしまったんです」

真美は、ああ、と相槌を打つ。

「次の大神子になった者は、我が一族の中でももっとも欲深な者でした。即位するやいなや彼女はこの国のすべてを手中に治めようと動きはじめたのです。欲は魔を呼び寄せ、世にひずみを起こします。……ぼくの命が狙われることになってしまったのは、新年に一族が集まったときに、今の大神子に苦言を呈してしまったからです」

「――苦言？」

声を揃えたふたりに、タケルはそっと頷いた。

「京都でのことです。椿の花を愛《め》でようと、皆で庭園を散歩していました。そのとき、大神子の目の前で椿の花が地に落ちたんです。大神子は『わらわの前で花を落とすとは』と不機嫌そうにしていました。ぼくはその様子を見ながら、気が付くとこんな言葉を口にしていました。『これは、天からの警告ですよ』と」

そこまで言ったタケルに、学と真美は息を呑んで次の言葉を待つ。

「怪訝そうに振り返った大神子に、『あなたのやっていることは、邪神のなせること！　まがいの神託と魔の行為はひずみとなり大きな災いが起こるでしょう。大地の怒りが多くの命を奪うでしょう！』と……気が付いたらぼくはそう叫んでいました」

「そ、それで、タケル君が一族にいられなくなったの？」

「いえ、そのときは大騒ぎになったものの幼子の失言と片付けられたのです。しかしそれから十七日後、大神子が淡路島を訪れているときにあの大震災が起こった――。大神子は命に別状はなかったものの、大怪我をしました。そして大神子はぼくこそが恐ろしい『新《しん》月《げつ》』だと告げたのです」

「新月？」

「新月というのは、我々の使う隠語です。一族の中に時として、『口にした凶事が事実になる、恐ろしくも禍々しい霊力者』が現れることがあるそうです。過去の歴史の中、数人の『新月』が誕生し、災いを封じるために、何かしらの理由をつけられては葬られてきました。……大神子の部下たちはぼくを『新月』だと言い、ぼくを亡き者にしようとしました」

えっ、と真美は顔色を変えて、口を手で覆う。

「しかし、雛子様を支持する者たちは、ぼくこそ新たな指導者だとかばってくれたのです。そうして出雲一族の意見は真っぷたつに割れました。ですが、母はぼくが……」

母、という言葉に、学が動きを止めたのが真美にも分かった。

学はそんな自分を叱咤するようにくしゃっと頭を掻く。

タケルもそんな学をちらりと見たあとに、話を続けた。

「母は『新月』だと疑われる以上、ぼくの命は狙われ続けてしまうから、それならいっそ能力なんてない方がいいと、一族に伝わる『能力封じ』の祈禱を行うこととなりました」

「能力封じの祈禱？」

「はい、神子たちが交代で八十八日間、絶えずぼくのために祈禱するのです。そして、その間、ぼくは誰とも口を利いてはならない。八十八日が経過すると、ぼくの能力は何もなくなったように封じこめられるはずでした。祈禱は順調に進んでいました……。が、六十日が過ぎた頃、ぼくの世話をしてくれている侍女がぼくの食事を味見して死んでしまったのです。――刺客は間近まで迫ってきていることが分かりました」

タケルはふうと息をつく。

「ここにいては危ないと、母は大阪でごく普通に働いていた父を呼び寄せ、遺産相続で命を狙われているからと嘘をつき、学さんの所に何としても連れていってもらうようお願いしたのです」

「そんなことがあったのね……」

想像を絶する話だが、やっとここへ来るまでの話が見えてきた真美は頷いた。

学は眉根を寄せて腕を組む。

「大阪で働いていた信治を呼び寄せたって、どういうことだ？　小夜子と信治は結婚してないのか？」

いつも穏やかな学の感情的な様子に、真美は驚き、胸が騒いだ。

前に学が『俺の知ってる子は、月のような子だったから』と話していたとき、彼はその人のことを想っているのではないかとちらりと思った。

だとしたら、今話題に出ているタケルの母、小夜子が彼の想い人――？

真美はそこまで考えると、勘ぐるのはやめよう、と頭を振った。

するとタケルが言い辛そうに口を開く。

「父と母は、結果的に結婚はしていません」

「え……？」

学はタケルの顔を覗き見る。

「いろいろあったようです」

と、タケルは言葉少なに話す。

その『いろいろ』が真美も気になったが、学はそれ以上の追及をやめてしまった。

おそらく、これ以上踏みこんではいけないことだと思ったのだろう。

「それじゃあ、小夜子はひとりでお前を……？」

「そうですね……でも、一族の者たちに見守られた中での出産だったので、不安はなかったと言っていました」

学は沈痛な面持ちで、口もとに手を当てる。

「その後、小夜子と信治は、連絡を取り合ったりは？」

「していなかったようです。今回こうしたことが起こり、母は、初めて父を呼んで協力をお願いしたとか」

「それじゃあ、タケルは、今回初めて父親に会ったのか？」

「はい」

「そうか、それで……」

学は合点がいったように首を縦に振る。

「それに、父がこんなことになってしまうなんて……祈禱によりぼくの力も封じこめられつつあったので、まったく予想することができませんでした」

真美は「え、でも」とタケルの手を握る。

「それじゃあ、どうして私が誘拐されそうなのが分かったの？」

前のめりになる真美に、タケルも小首を傾げる。

「なぜなのかは、ぼくにも分かりませんが、真美さんが車に近付く瞬間に、雷に打たれたように分かったんです。それで儀式の最中であることも忘れ、咄嗟に声を上げてしまいました」

「ごめんなさい。きっともう少しで八十八日だったんでしょう？　私のために台無しにしてしまったのね」

真美が肩をすくめると、タケルは首を振った。

「いいえ、起こることすべては必然なのです。ぼくは結果的に祈禱をやめることになっていたのでしょう。口を開いたと同時に力も徐々に戻りましたし……」

とタケルは自分の両手を見つめる。

「そういえば、あのとき誘拐犯を突き飛ばしたのも、陰陽師の術か何かなの？」

「ええ、気功のようなものです。ああいうのは邪な者であればあるほど効きますね」

ふふっと笑うタケルに、真美と学はぽかんと口を開けた。

「……で、小夜子はどうしてお前を俺のところに？」

学はためらいがちに訊ねる。それは、一番聞きたかったことだ。

「あなたは特別な存在なのです。かつて母があなたの所に家出をしたとき、一族の神子たちが母の居場所を突きとめるべく霊視をしたと言います。でも、どんなに視《み》てもこの場所は浮かんでこなかったそうです。あなたの側は、神がもたらした聖域だったと母は言っていました。だからあなたのもとにぼくを預けるのが一番安全だろうと判断したのです」

「――聖域、か」

と、学は自嘲気味に笑い、前髪をつかんだ。

「今日、ぼくは母のもとに帰ります。八十八祈願が達成できずに力が戻ってきたということは、やはり帰らなくてはならない運命なのでしょう。だとするなら早い方がよいので」

強い眼差しを見せるタケルを前に、学は「そうか」と目を伏せ、

「タケル君……」

真美は息を呑んだ。

「……俺の側が安全だというなら、送っていくよ。でも、とりあえず今日はゆっくりして、明日の朝、出ることにしないか」

「私も行きます！　私たちふたりの間にいる方が、安全だと思うし」

真美は思わず気負いこむ。

「えっ、どうしてだ？」

真顔で問う学に、真美の顔がみるみる紅潮していく。

「そ、それは、ほら、若い夫婦の子どもにしか見えなくて、カムフラージュになりますし、私も明日からゴールデンウィークですし！」

早口で間髪容《い》れずに話す真美に、学は目を丸くする。

「誘拐騒ぎがあったばかりなのに、家族が心配するだろう？」

「誘拐未遂事件があったからこそ、身を潜める方が安全だと思うんです」

真美とタケルは愉しげに笑った。

「真美さんは本当に素敵な方ですね。ぼくもぜひ、学さんと真美さんと一緒に帰りたいです」

「――それで、小夜子は今どこにいるんだ？」

タケルは学の質問に一呼吸置き、「那須《なす》です」と答えた。

「那須……なぜ、那須に？」

「出雲一族の屋敷があるんです。ちなみに、出雲一族の屋敷は東京、那須、京都、出雲にあります。一般の人には、寺や道場のように思われているようですが」

「そうなんだ……」

呆然とする真美の横で、学は少し前のめりになった。

「それじゃあ、小夜子は、もともと那須の屋敷にいたというのか？」

「はい、母は那須で生まれ育ちました」

タケルはそう言ったあとに、小夜子の家庭の事情を伝えた。

小夜子の母――タケルの祖母――は、賀茂家の流れを汲むものの、もともとは一般家庭に育っていた。

だが、人並外れた強い霊力を持っていたことから、那須の屋敷に招かれて出雲一族の神子として仕えるようになったそうだ。

その後、屋敷内で出雲一族の流れを汲む神官と結婚し、娘をふたり出産。

しかし、子どもたちが幼い頃に、夫は病死したそうだ。

「それで、小夜子はあんなに世間知らずだったわけだ……」

学は納得し、しみじみとつぶやいている。

彼女が生まれ育ったところに帰っていると知って、ホッとした様子だ。

そんな学の姿に真美の胸がギュッと詰まり、目を瞑る。

「真美ちゃん？　どうかしたのか？」

不思議そうに問う学の声に、真美は我に返って目を開ける。

「いえ、何でも」

「そうか。そしてそろそろ帰らないと、いい加減家の人たちが心配しているんじゃないか？」

時計の針は七時を指していた。

「あっ、本当ですね。私はひとまず帰ります」

「ひとまず？」

「はい。明朝ここに来ますので、一緒に連れていってください」

「本気だったんだな……」

真美を同行させてもよいものか、と学が確認するようにタケルに視線を送ると、タケルはにっこり笑って頷いた。

「――分かった。ゴールデンウィークだからきっと道が混むだろう。朝八時前には家を出るから、それまでに来なかったら行くからな」

真美は「はい」と元気よく頷いた。

3

その後、学とタケルは、真美がタクシーに乗りこんだのをきちんと見届けて、再び部屋へと戻った。

「さて、夕飯にするか」

独り言のように洩らしてキッチンに立つと、

「手伝います」

と、タケルが隣に立った。

昨日までは無言だったタケルが声を発しているのは、何だか不思議な感じがした。

「……今夜は最後の晩餐だもんな、タケルは何を食べたい？」

「学さんの作る食事は、どれもとてもおいしいです」

「……そう言われると今日はプレッシャーだな」

学は肩をすくめて、冷蔵庫を開ける。

「キャベツに肉に、冷凍庫にエビとイカがあるな……。そうだタケルお前、お好み焼き食べたことあるか？」

「見たことはありますが、食べたことはないです」

「そりゃいいや。じゃあ、お好み焼きにしよう」

学が手際よくキャベツを刻んでいく姿を、タケルは横で、ただひたすら興味深そうに眺めていた。

久しぶりに棚の奥からホットプレートを取り出してテーブルに置くと、タケルは初めて見たようで、目をキラキラさせる。

「うわぁ、これで焼くんですね。すごい！」

「ようやく子どもらしい姿を見せてくれたな。お前の一族は皆、子どもでもお前みたいに大人びているのか？」

学はテーブルに着き、おたまを使ってお好み焼きを焼きはじめながら言う。

「一族の子どもは特殊な霊能力が備わっている子が多いだけで、大人びてはいないです。普通ですよ。ぼくは特別だそうで。皆、ぼくを『神童』と呼んでいました」

「神童か、なるほどな」

「ぼくのそんな特異な部分も『新月』に違いないと、大神子様に言われたんです」

「そうか……」

学は焼き上がったお好み焼きをひっくり返すと、手際よくタケルの皿の上にのせた。

「ソースとマヨネーズをつけて、青海苔とかつおぶしを振りかけるといい」

「わあ、楽しいですね」

タケルはそう言って、小さな手を使いソースとマヨネーズをつけ青海苔とかつおぶしを振る。

ぱくりと一口食べて、「おいしいです」と目尻を下げる。

「たくさん食えよ」

「はい！　ぼくもひっくり返してみてもいいですか？」

「ああ、やってみろよ」

学は、フライ返しを手渡す。

一生懸命お好み焼きをひっくり返して無邪気に笑うタケルの姿に、やっぱり普通の子どもだ、と学は目を細める。

この笑顔は、特殊な力を持ち、自分たちの知らない世界に生きている子どもとはとても思えない、本当に普通の男の子のものだ。

「……タケルは特殊な能力を持っているって言ったよな？　そうやって普通に過ごしているときでも、何か見えたり聞こえたりしているのか？」

「そうですね……ぼくの場合は見えたり聞こえたりはしません。ただ分かるだけです。思いつくような感覚で、分かるんです」

タケルは食べている口を手で隠しながらそう答えた。

「分かる、かぁ。やっぱ何の力もない、俺にはよく分からない感覚だな」

「学さんは予知能力を持っているじゃないですか。何か日常と違うことが起こるとき、自分の感覚がキャッチするでしょう？」

その言葉に学は息を呑む。

――そうだ、何かが起こるとき必ず感じる胸騒ぎ。

「もともと繊細だったあなたは何か起こる前に自分がショックを受けすぎないように、先に知らせる癖をつけてしまったようですね。その繊細さが強さに変わったとき、そうした知らせはなくなると思いますよ」

さらりと言うタケルに、学の背筋がゾクリと寒くなった。

誰にも話していない、そして人に言ったところで、決して理解してくれないだろうと思っていた感覚をいとも簡単に言い当てられたのだ。

「……どうして、それを知ってるんだ？」

「ですから、不思議と分かるんですよ。何も考えずに口が勝手に話してしまうこともあります。これを神託とぼくたちは呼んでいます」

「そ、それじゃあ、俺が今考えていることも分かるのか？」

「分かりたいと思ったら分かるかもしれませんが、わざわざ人の頭の中を知りたいとは思いません。明らかな敵意や殺意は嫌でも分かってしまいますが……。まあ、それは誰もがそうかもしれませんがね」

「死んだ人のことは……？　死んだ人がここにいるとか、何か言ってるとか……」

学は思わず身を乗り出した。母が今もここにいるのでは、という考えが脳裏を掠めたのだ。

「亡くなった人の想念をいちいち捉えていたら、身がもたないのでキャッチしないようにしています。毎日ものすごい数の人が亡くなって想いを残していますからね。亡くなった人の想念がない場所を探す方が大変です。時にどうしても死者の声を必要とする場合、受信しようとすることはありますが……」

タケルはそこまで言い、真っ直ぐに学を見つめた。

「——学さんは、お母さんのことを知りたいと思いますか？」

学の心臓が強く音を立てる。

「母は……ここにいるのか？」

「いませんよ」

タケルは目を閉じながら、部屋の中を見回すように首を回して、そっと笑みを浮かべた。

「でも、学さんのお母さんが残した想いは漂っていますよ。この家を包んでいます」

「……想い？」

「ありがとう……ってすごく喜びに満ちた声です。『子どもを授からないと思っていた私の所にあなたはやってきてくれた。私の人生で最高の喜びだった。私のところに生まれてきてくれて、ありがとう、ありがとう』と、そんな想いが家を包むように残っています」

「ッ！」

その言葉を聞いた瞬間、ふいに大粒の涙が溢れ出た。喉につかえていたものが急に押し出されたように深い息が吐き出される。

涙が零れたことに学は驚き、慌てて目もとを袖で拭った。

「俺は……母の命を削って生まれてきたんだ。だから、母は俺を産んだことを後悔しているのかもしれないと……いつも思ってた。父も俺を憎んでいるだろうと……」

誰に言うわけでもなく、今まで心に抱えてきたことを洩らす。

そんな学を前に、タケルは何もかもを包むように柔らかく目を細める。

「……お母さんは最期まで学さんを授かったことを嬉しく思っていましたよ。それにお父さんが憎しみを抱いているなんてことは微塵もありません。ただ不器用なだけで、学さんを誇りに思っていますよ。お酒が入ると本音が出せる人のようで、今もお酒が入ると自慢の息子だと人に話していますよ」

「……………」

身に覚えがあった。父はお酒が入るとやたらと褒めてくれる人だ。

普段、素っ気ない父の褒め言葉に、幼い頃から学は嬉しいを通り越して奇妙さを感じていたのだけれど……。

「そうか、お酒が入ると素直になれる人だったんだな」

学は止まらない涙を拭いながら、笑顔を見せた。

「父の再婚を……母はどう思っているんだろうか？」

「学さんのお母さんは『想い』こそ残していますが、ここにはもういません。生きている者には分からない感覚だと思いますが、旅立ってしまった人には『こちら側』がどんなことになっていようと、幸せでさえあれば、かまわないんですよ」

幸せでさえあれば、かまわない、か。

学はどこか吹っ切れたような気持ちになり、そっと顔を上げる。

「さすが……神子の一族だな」

タケルは何も言わず、ただ口角を上げる。

動揺していた学もようやく落ち着きを見せ、深呼吸した。

「建王、か……、名前もすごい」

「ぼくの名『建王』は『大化の改新』の頃に存在した皇室の者の名をそのままいただいたんです」

「その頃の皇室ってことは、『伊勢』側の人間ってことか？」

「ええ。ですが大神子が言うには、ぼくは建王の生まれ変わりに違いないと」

「生まれ変わり……」

またも突飛な話に、学は目と口を開く。

「その建王は、生まれつき言葉を話せないものの聡明で慈悲深く、斉明《さいめい》天皇が溺愛した孫だそうです。しかし八歳で他界しました。世の乱れを一身に引き受けたと言われています」

「不思議な話だな……」

ついていけない、という言葉を呑みこんで、学は苦笑する。

「ぼくにとっては外の世界こそ不思議でなりません。でもこんなにおいしいものがあるなんて、外の世界は素晴らしいですね」

タケルはお好み焼きをパクリと口に運んで、頬をほころばせる。

小夜子もここに来たとき、何を見ても何を食べても驚いていたのを学は懐かしく思い出した。

「……お前らは何を食べてるんだ？」

「和食です。精進料理というのでしょうか。特別なときはご馳走も出ますよ」

「それじゃあ、ここの料理は珍しいものだらけに感じるだろうな」

「そうですね」

ふたりで顔を見合わせ、笑い合う。

楽しい夜だった。今まで話したくても話せなかった分を埋めるようにお喋りをした。

今夜を最後に、タケルがいなくなってしまうことを寂しく感じながらも、そう思ってはいけないと学は自分に言い聞かせていた。


翌朝、タケルは自分の荷物をまとめたバッグをソファの上に置いた。

「タケル、これは返すよ。お前を預かるのに、そんなにお金も掛からなかったし、使わなかったから」

学は預かっていたお金の入った封筒を差し出す。

「いいえ、それは、ぼくと母からの気持ちなので使ってください。これから新幹線にも乗りますし……と言いたいところですが、学さんはいくらそう言っても受け取らないでしょうね」

　とタケルは肩をすくめて苦笑する。

「神子は話が早くていいな」

　学はいたずらっぽく笑って、タケルのバッグの中に封筒をしまった。

　那須へは車で向かおうと思っていた学だったが、

『多くの民間人に囲まれた新幹線の方が安全だと思います。車なら、事故に見せかけて、ということもありますし。大丈夫、必ず席は取れますよ』

　と言ったタケルの言葉に従って、新幹線で向かうこととなった。

　さて、行くか。そう声を上げかけたとき、『ピンポーン』とインターホンが鳴った。

「真美さんですね」

「本当に来たんだな」

　学は感心に近い気持ちを抱きながら玄関のドアを開けると、満面の笑みを浮かべた真美がそこにいた。

「おはようございます！」

「おはよう、家に帰ったあと、誘拐騒ぎで大変じゃなかったか？」

「大騒ぎでしたけど、私が家に帰った頃には誘拐未遂犯がもう捕まっていたんですよ。で、今日は心を癒すために友だちと那須旅行に行くって言ってきたんです。なので大丈夫です」

真美は敬礼のポーズを取る。

「そうか。それじゃあ、行こう」

「はい！」

タケルと真美が声を上げ、三人はそのまま東京駅に向かった。

ゴールデンウィーク初日で駅はごった返していたが、タケルの言葉どおり何とか那須塩《なすしお》原《ばら》駅までの新幹線の席も確保した。

三人席に並んで座りながら、

「あーあ、たった一時間ちょっとで着いてしまうなんて」

と真美は残念そうに口を尖らせる。

「……早く着いた方がいいだろ？」

不思議そうな顔をする学に、真美は肩をすくめた。

「早く着くのは便利なんですけど、もっと旅気分を味わいたいのと、タケル君とお別れするのが寂しいというか……」

そう言いつつ、ゴソゴソとバッグからお菓子袋を取り出した。

「すっかり、旅行気分だな」

「だって私、こうして新幹線に乗ること滅多にないから」

真美は浮かれた様子で言う。

学はやれやれと肩をすくめながらも、雰囲気を明るくする真美の存在に救われていた。

彼女がいなければ、道中、タケルとの別れや小夜子のことを考えてしまい、とても明るい気分にはなれなかっただろう。

ふたりの楽しそうな様子を見ながら学はそっと微笑んだ。


「わぁ、空気が気持ちいいですね」

青く広がる空と新緑を見て、真美は両手を大きく開いている。

「ここからタクシーに乗った方がいいんだろうな」

つぶやいた学に、タケルは首を振った。

「いいえ、その必要はありません」

「えっ？」

学は、どういうことだ？　とタケルを見る。

「もうすぐ迎えがきます」

タケルは道路の先を眺めながらはっきりと告げた。

「家に電話をしたのか？」

「いいえ、仮にも神子の一族。ぼくが帰ることくらい分かりますよ」

微笑んだタケルを前に、学と真美は顔を見合わせる。

やがて、黒塗りの高級車が姿を現し、タケルの横でピタリと停まり、車からスーツの男が姿を現して、深く頭を下げる。

「おかえりなさいませ、建王様。ご無事で何よりでございます」

彼の目には涙が滲んでいる。

「ありがとう、榊《さかき》。皆に変わりは？」

「変わりはございません、皆様、建王様のお帰りをお待ちしております」

榊という男は嬉々とした様子で後部座席のドアを開け、恭しくタケルを乗せたあと学と真美を見て、深々と頭を下げた。

「建王様をここまでお連れしてくださり、本当にありがとうございました。ご恩は忘れません。お礼は必ず後日させていただきます」

「いや、お礼なんて……」

学がそう言いかけると、

「えっ？　ここでお別れなの？」

と真美が残念そうな声を上げた。

榊は申し訳なさそうに目を伏せる。

「申し訳ございません。お屋敷に外部の人間を入れることは……」

「榊、おふたりを屋敷にお連れするように。ぼくの命の恩人です」

すかさずそう言ったタケルに、榊は困惑の表情を浮かべた。

「しかし――建王様」

「ふたりを招く必要がありそうです。これは、神託なのです」

タケルはそう言って胸に手を当てた。と、その言葉に榊の顔から迷いがなくなり、

「承知いたしました」とタケルに向かって頭を下げ、「どうぞお乗りください」と学と真美の方を向いて、後部座席を指した。

「――は、はい」

学と真美は戸惑いながらも、車に乗りこむ。

「失礼を承知でおふたりにお願いがあります。お屋敷に着くまで、どうか目を閉じていていただけないでしょうか。お屋敷までの道を一般の方に知られたくないのです」

榊が言いにくそうにそう告げた。

「……分かりました」

ふたりは座ったあと素直に目を閉じた。

どのくらい走っただろう、しばらくガタガタ道が続き、大きな門が開かれる音がしてから、さらに車は少し走った。

やがて車は停まり、榊は静かに告げる。

「申し訳ありませんでした、目を開けていただいて結構です」

ようやく目を開けた学が最初に見たのは、木々の向こうに見える閉ざされた門だ。大きな四脚門であり、タケルが言っていたように、寺か道場を思わせる。

辺りは森に囲まれていて、民家も人影も見えない。それどころか、舗装された道路もなかった。

門が開き、目の中に飛びこんできたその光景に言葉を失う。

見事な日本庭園が広がっている。大きな池には、朱色のアーチ状の橋が架かり、その向こうに寝殿造りの屋敷と社が見えた。

「お疲れ様でした」

榊は車を停めて、後部席の扉を開ける。

まるで竜宮城に来たようだ、と学は車を降りながら息を吞む。

「すごい……平安時代のお屋敷みたい」

真美も降車して、庭園を見回し、圧倒されたようにつぶやく。

車を降りて呆然と立ち尽くしていると、白衣に水色の袴を着た青年たちが姿を現し、数歩前まで来て一斉に頭を下げる。

「おかえりなさいませ、建王様」

「ただいま戻りました」

タケルはぺこりと頭を下げ返したあとに、振り返って学と真美を見上げた。

「彼らは、縁のある家の陰陽師で、ぼくたちの世話もしてくれているんです。ちなみに迎えにきてくれた榊は、彼らを束ねるリーダーでもあるんですよ」

「縁のある家って、さっき言っていた安倍家や賀茂家の人たちってこと？」

小声で尋ねた真美に、タケルは「ええ、安倍家や賀茂家だけではないのですがね」と言って、陰陽師たちに視線を移す。

「このふたりは学さんと真美さん、ぼくの命の恩人です」

青年陰陽師たちは、学と真美に、「建王様の命を救ってくださって、ありがとうございます」と深々と頭を下げ、「どうぞ、こちらへ」と屋敷の中に案内してくれた。

だだっ広い玄関に、磨かれた檜造りの床は、まさに社寺を思わせる。

ふたりは指示されたとおり、靴を脱いで長い廊下を歩く。

縁側から庭園を望む。均衡を保って並ぶ灯籠に、砂利が敷きつめられた石庭と、水を使わずに山や川のある風景を表現する枯山水。

花々が咲き誇り、大きな池には色鮮やかな錦鯉が生き生きと泳ぎ、鳥たちが歌うように鳴いている。

かこん、という鹿威しの音が風流に響いていた。

「……すごい、京都の有名寺もビックリの日本庭園」

真美の喉がごくりと鳴った。

学は、ああ、と頷いて、新緑の眩しさに目を細める。

「まるで、平安時代にタイムスリップしてきたみたいだな」

そんなふたりに、少し前を歩くタケルがクスリと笑った。

「昔から変わっていないだけなんです」

「そんなに昔からあるのか？」

「いえ、ここはもともと明治に夏の京の暑さをしのぐために造られた別邸だったんですよ。同じ頃に平安神宮も造られているので、建物の雰囲気や鮮やかな色合いが似ていますよね。敷地の大きさも同じくらいだと思います」

「平安神宮くらい広いなんて、すごい」

そう話す真美の横で、学は「へぇ」と洩らすも、ピンとは来ていなかった。

父親が京都に移住したが、遊びにいくことなどほとんどなく、京都に詳しくはない。だが、真美には伝わっているようだ。彼女は京都に詳しいのかもしれない。

「おふたりはこちらでお待ちください」

神子は畳の間の前で足を止めてそう言い、「建王様はお着替えがございますのでこちらにおいでください」と続ける。

タケルは、はいと頷いて、学と真美を見上げた。

「ぼくはちょっとだけ席を外しますが、すぐ戻りますね」

タケルは、そのまま神子とともに歩き去っていき、学と真美は言われたとおり畳の間に入り、座布団の上に座る。

誰もいない広い部屋に取り残され、少し居心地が悪い。

「何だか、すごいところですね」

「ああ、本当に」

「私、タケル君が言っていたことを信じないわけじゃなかったんですが、どこか半信半疑だったんです。でもこのお屋敷に来て全部本当なんだなと思ってしまいました」

その言葉には、学も同感だった。

「本当にタケル君は『タケルノミコ』っていうんですね、すごい名前ですよね」

「ああ」

学は昨夜、歴史の本を調べ、本当に大昔の皇室に建王という少年がいたことを確認した。

中大兄皇子《なかのおおえのおうじ》の息子であり、言葉は話せないものの、従順で分別もあり聡明だったため、斉明天皇が心から愛した孫だったそうだ。

だが、八歳で亡くなってしまって、斉明天皇は悲しみの中、自分が死んだら建王と同じ墓に入れるように言ったということも書かれていた。

その斉明天皇は、歴史上においても珍しい女性天皇だった。

建王は世の中の乱れを一身に引き受けて死んだという話だ。……そして、タケルはその子の生まれ変わり。

たしかに喋るようになってからのあいつは前世のうっぷんを晴らすかのごとく饒舌に喋る。

そこまで思い、学は小さく笑う。

「どうしました？」

「いや、何でもない」

そのとき、床を着物が擦る音がしたと同時に「失礼いたします」と声がした。

ふたりがそちらに顔を向けると、薄紫の色無地を身に纏った迫力のある老女が姿を現した。

背後にお付きの者と思われる若い女性数人を連れ立っている。若い女性たちは、白衣に朱色の袴姿であり、一見すると神社の巫女だ。

老女はしずしずとふたりの前まで来て膝をつき、深々と頭を下げる。

「わたくしは建王の祖母、松子《まつこ》と申します。この度は、あの子が本当にお世話になりました」

「いえ、そんな」

彼女の迫力に気圧されながら、ふたりも頭を下げる。

「そして、学様。以前は娘がお世話になりました」

頭を下げたままそう続けた松子に、学はハッと目を見開いた。

そうか、この方はタケルの祖母。ということは、この人は小夜子の母なんだ。

――小夜子の……。

急に小夜子の存在を近くに感じ、学は息を吞む。

松子はゆっくりと顔を上げ、真っ直ぐに学を見つめた。

「……あなたのもとにタケルをやってよかった。以前のあの子は、自分がたとえ『新月』じゃないとしても、疑われる以上は力を封じてしまい目立たぬように過ごしたい、と言っていたのです。そんなあの子が、決意をして帰ってきてくれました」

「決意？」

「タケルが大神子に苦言を呈したことは、お聞きになったでしょう？」

「はい」

――あなたのやっていることは、邪神のなせること！　まがいの神託と魔の行為はひずみとなり大きな災いが起こるでしょう。大地の怒りが多くの命を奪うでしょう！

タケルが大神子に向かって叫んだという話を思い返す。

「それはもう、驚くべき光景でした。そのときのあの子は体中に覇気を纏い、外では中庭の松明《たいまつ》が、天まで届くのではないかと思うほどに立ち上ったのです。まさに、神の御使《みつか》い。天の言葉を代弁したものでした。……ですが、そんなありがたき啓示にもかかわらず、タケルは口にした凶事を招く恐ろしき存在、そう『新月』だと言いがかりをつけられたのです。そのときこそ欲に走る大神子に反旗を翻すタイミングだったにもかかわらず……あの子は争いを避けることを選んでしまった」

松子はそう言って悔しげに拳を握り締めた。

「しかし、あの子は変わって帰ってきた。決意の色をその目に秘めて。今こそ『新月』である疑いを晴らし、今の大神子を権力の座から引きずりおろすときです。あの子が心からその気になった今なら多くの者たちも覚悟を決めることができるでしょう。今の大神子は私利私欲に走っています。それはこの世のひずみとなり恐ろしい結果を生むのです。今の大神子は経済の崩壊に自然災害、そして忌まわしい事件が起きるでしょう。早急に大神子を代えなければ……。一度ここまで歪んでしまったものを立て直すには長い歳月が必要ですが、あの子の若さと生まれ持った力があればきっと現状を変えることができるでしょう」

強い眼差しを見せた松子に、学も視線を逸らさずに向き合った。

「それは、タケルが一族を担っていく存在になると？」

「ええ、わたくしは、あの子を次の大神子……いえ、大神官にと考えております」

一族のことについては昨日聞いたばかりでほとんどつかめてはいないが、タケルがこれから『出雲』の権力争いの渦中に入ることだけは理解した。

幼いあの子が、革命の指導者になるであろうことも――。

その場に重い沈黙が落ちたそのとき、廊下からクスクス笑い声が聞こえた。

「おばあさま、そんな怖い顔しないでくださいよ」

襖《ふすま》を開けて入ってきたのは、白い羽織に紺色の袴姿に着替えたタケル。

「タケルや、茶化すのはおやめください」

「すごい！　タケル君、カッコイイね」

羽織に袴姿のタケルに、真美は目を輝かせる。

「ありがとうございます。ここでは、これが普段着のようなものなんですよ」

「いつも神官の恰好なんだ？」

「ここでは未成年の男女は、基本的に白衣に袴です。成人した女性は、紬《つむぎ》や小紋を着るようになりますが」

「そうなんだ。和服っていいわよね」

「せっかくだから真美さんも和服を着てみませんか？　たくさん揃っていますので」

「本当？　着てみたい！」

真美は勢いよく身を乗り出した。

「学さんも、もしよかったら……」

タケルはチラッと視線を送るも、学は首を振る。

「ですよね」

「えっ、学さん、着流しとか、似合いそうなのに！」

松子はそんな微笑ましい三人の様子に、楽しげに目を細める。

「せっかく来たのですから、どうぞゆっくりしていってください。ここは俗世とはかけ離れた……いわば竜宮城のような所なのですから。それでは後ほどまた」

そう言って頭を下げると立ち上がり、襖から出ていった。

お付きの女性が真美のもとに歩み寄り、

「それでは真美様、お着替えはあちらで」

と通路の奥を指した。

「ありがとう。それじゃあ、和装女子高生に変身してきます」

真美は明るい笑顔で、神子とともに部屋を出ていった。

タケルは「いってらっしゃい」と真美に手を振ったあと、

「学さん、ぼくは一度お社に行くので、もしよかったら、庭を散歩していてください。この庭は自慢なんです。そこに勝手履きがあって下りられますから」

と広縁を指した。

「……ああ、そうさせてもらうかな」

タケルを見送ったあと、学はゆっくりと立ち上がる。

腕時計に目を向けると、午後三時。もう、そんなに時間が経ったのか、と学はそのまま庭に出た。

手入れの行き届いた広大な庭園内をのんびり歩いた。薄紅色のつつじが、それは見事に咲き誇っている。

まるで時が止まったような美しい光景。心が洗われるようだと目を細める。

つつじは今までも、何度も見たことがある馴染みの花だ。

けれど、どうしてなのか、こんなに美しいつつじを見たのは初めてだと感じた。

その美しさに胸を打たれていると、強い風が吹いた。

風に誘われるように振り向いたそのとき、長い黒髪が目に映った。

「――っ！」

陶器のような白い肌に、呼吸すら忘れる美しさ。

つつじと同じ薄紅色の着物。

あれから、何度思い描いただろう……？　苦しさの中、それでも、君に会いたいと……。

胸が詰まり、息が苦しい。

――小夜子。

じっ、とこちらを見つめていた、変わらない大きく美しい瞳。

しっかりと視線が合うなり、小夜子は深々と頭を下げた。

「この度は、タケルが本当にお世話になりました」

か細い、小夜子の声。

あれから六年。

十五歳だった小夜子は二十一歳となり、女性としての柔らかさを備え、さらに美しさも増している。が、その雰囲気と声は何も変わらず、まるであの頃に引き戻されたような奇妙な感覚に襲われた。

強い鼓動からか、ほんの少しの目眩と動揺で、学は何も答えることができず、その場に立ち尽くしていた。

「……学さん」

小夜子は、ゆっくりと歩み寄り、

「お久しぶりです……」

静かに、そう告げた。

「……ああ」

……もし、小夜子にもう一度会えたら、訊きたいことが山ほどあった。しかし、いざ前にすると、何も言葉が浮かばない。

ただ、鼓動が激しくなるばかり。

それでも、信治の事件の報道を思い出し、そのことは伝えねばと顔を上げた。

「信治が……事故に遭った。重体らしい」

小夜子は痛々しい表情を浮かべながら、頷いた。

「存じております。先ほど意識を取り戻したという知らせが入りました。もう大丈夫であろうとのことで安心いたしました」

「……そうか、よかった」

学も心底納得し、安堵の息をつく。

「どうやら、大神子の手下が信治さんと一緒にいる男の子をタケルと勘違いして轢き殺そうとしたようです。結果、信治さんに重傷を負わせてしまいました。もう彼を巻きこみたくなかったのに、こんなことになってしまうなんて……」

小夜子は悲しげに目を伏せる。

学は再び言葉に詰まり、こんなことを話したいわけじゃない、と小さく舌打ちした。

「信治と結婚していなかったんだな。タケルを授かったというのに……」

静かに訊ねた学に、小夜子は苦笑し、遠い目をして見せた。

「……学さんは、あのときのわたくしの行動を理解できなかったでしょうね」

――あのときの行動……。

信治と小夜子のあの夜の様子がありありと脳裏に浮かび、学は思わず小夜子から目を背けた。

「タケルから訊いて、この家のおおよそのことが分かりましたでしょう?」

小夜子は風になびく髪を細い指で正した。

その美しさに胸が詰まるのを感じながら、学はかすかに頷く。

「……あなたから見てこの特異な世界に生きたわたくしは……あのとき、ああするしかなかったのです」

小夜子はそう自嘲する。

「わたくしが生まれたとき、大神子である雛子様はわたくしを見て、『この娘《こ》は素晴らしい奇跡を生むことになるでしょう』と告げたそうです……。ですがわたくし自身は何の能力もない期待外れの平凡な娘でした。そんな、神子としては落ちこぼれのわたくしにとって屋敷での生活は息苦しくてなりませんでした。逃げ場がなく、いつも白い羽織に赤い袴……」

つつじが美しく風に揺らぐ。

小夜子は、そっと微笑んでベンチに目を向ける。

ベンチの前には大きな池があり、色鮮やかな鯉が生き生きと泳いでいた。

「少し長い話になりそうなので、座りませんか?」

学は無言で頷き、小夜子とともにベンチに腰を下ろした。

4

小夜子が育ったのは、この那須の屋敷だった。

一日の始まりは早朝、太鼓が鳴り響く中、本殿で祝詞を上げることから始まる。

その屋敷には老若男女が三十人近く、生活をともにしていた。

神子たちは社殿に集い、一日の安全を祈願する朝の儀式を行う。

十四になる小夜子は、外の世界をまったく知らない少女だった。

朝の儀式のため、いつものように社殿に行く身支度を整えていると一番上の姉、千代《ちよ》がからかうような笑顔で小夜子の肩を撫でた。

「小夜子は日に日に美しくなるわね。朝の儀式中、神官や陰陽師たちがいつもあなたをチラチラ見る姿がおかしくて」

「そんな、姉様……からかわないでください」

小夜子は頬を赤らめて、顔を伏せる。

小夜子は、屋敷にいる女たちの中でも群を抜いた美しさで、どんなにおとなしくしていても、その存在は際立っていた。

「もう少しであなたも十五歳ね。そうしたら、すぐに縁談の話が山ほど来るわ。もしかしたら私より早くに祝言を挙げるかもよ」

「姉様のお式は来月じゃないですか。それより早くわたくしが結婚するなんてありえません」

ムキになる小夜子に、千代は楽しげに笑う。

「冗談よ。ただ、あなたは雛子様の神託を受けた選ばれし神子だから」

千代のつぶやきに、小夜子は口をつぐんだ。

『この娘は素晴らしい奇跡を生むことになるでしょう』

そんな雛子の神託が後押しし、小夜子は常に別格の神子として扱われてきた。

しかし何の能力も持っていないため、最近では奇跡とは子どものことだろう、早く子を産ませるべきだ、という意見も相次いでいた。

上の者たちが常に小夜子の結婚相手を探していることも、いつかは宮家の流れを汲む誰かと婚姻関係を結ぶことになることも承知している。

すべては覚悟の上だった。

「姉様は婚姻の儀が終わると、その後は屋敷を出ていかれるんですよね。わたくし、とても寂しいです。姉様も寂しいでしょう?」

小夜子は、たったひとりの姉、千代を心から慕っていた。彼女がもうすぐ結婚してしまうことが寂しくてならなかった。

「小夜子や他の妹たちと別れるのは寂しいけど、私はすごくワクワクしているのよ。ようやく私は神子を引退して自由になるんだから。祈禱や儀式のためだけに移動するのではなく、自分の意志でいろんな所に行けるのよ」

十八になる千代は未来に胸を膨らませている。

「でも、お相手の顔も分からないんでしょう？　不安じゃありませんか？」

「あら、私たちは仮にも神に仕える身。私にとって最適の相手を天はちゃんと授けてくれるって信じているわ。それにお相手は、お祖父様が選んでくださって、お母様が太鼓判を押してくださったし」

千代は自信に満ち溢れた微笑を見せた。

そんな千代の表情は未来に不安を持つ小夜子の大きな支えになるような気がした。

「私の披露宴ではぜひ、あなたに神楽を舞ってほしいわ。よろしくね、小夜子」

「ええ、もちろん、喜んで」

笑顔で頷く小夜子を前に、千代はすっくと立ち上がった。

「さっ、朝の儀式が始まるわ。社殿に行きましょう」

「はい」

小夜子も立ち上がり、千代のあとを歩いた。

太鼓の音が屋敷に響く。屋敷にいる神子や神官、陰陽師たちが社殿に向かって歩く姿が見える。

男たちは遠目に小夜子の姿を確認しては、頬を赤らめる。

千代はそんな神官の姿を横目で見ては愉しげに笑った。

「ほら、あの方もあの方もあなたに夢中ね。あなたと結婚したいのよ」

「また、そんなこと言ってからかわないでください、ここにいる者と結婚なんて……」

「あら、それもいいじゃない。血が遠い相手となら可能だし、私たちの両親はそうしたわ」

「もう、知りません」

小夜子は赤面し、自分に熱い視線を送る神官たちの視線を感じつつも、あえて見ないように廊下を歩いた。

幼い頃からともに育ち、ここで過ごした彼らとは決して恋愛する気持ちになれなかった。

何より両親のようにここに住む者と恋に落ち、万が一結婚となれば、一生屋敷から出られなくなってしまう。それだけは避けたいと思っていた。

姉様のように外の方と結婚して、わたくしも早くここから出たい。

小夜子は広大な敷地、迷うほど大きな屋敷に住みながら、常に息苦しさを感じていた。

社殿で祝詞を上げ、神楽を舞い、古文と歴史を学び、和楽器を嗜む日々。

屋敷から出るのは、新年の会合や祈禱、園遊会といったイベントのときだけだった。

そんな拘束された生活を送っている神子たちにとって、来月東京で行われる千代の婚姻の儀は、大きな楽しみだった。

それからというもの、小夜子をはじめとする千代と縁深い神子たちは式で舞う神楽の練習に勤しんでいた。

そうして、千代の婚姻の儀は都内の所縁《ゆかり》のある神社で恙《つつが》なく行われ、その後の披露宴は、夫となる青年の邸宅で行われた。

それは盛大な披露宴だった。千代の夫となる者は、宮家の流れを汲む旧家の子息で細面の凛々しい青年だった。

「千代姉様のお相手、とても素敵な方ね、羨ましいわ」

と神子たちは小声で囁き合っていた。

青年の隣で、千代は十二単を身につけ頬を赤らめている。

そんな千代を祝うべく、小夜子たちは皆の前で神楽を舞った。

小夜子の美しさに、来客から感嘆の息が洩れる。しかし、小夜子の気持ちは晴れなかった。

この日を境に千代と別れなければならない。そう思うと祝う気持ちよりも、寂しさしか残らない。

そんな小夜子の心中を察してか、千代は使用人を介して小夜子に手紙を渡した。

手紙には何かあったら連絡を取ることができるようにと、住所と電話番号を綴ってある。屋敷には電話があったが、今まで外の世界に密接な知り合いがいなかったため、掛けたことがなかった。

側にいられなくても、姉と電話で会話できることに小夜子は少しホッとしていた。

そうして、千代の婚姻の儀が終わって数日も経たないうちに、小夜子に縁談の申し出があり、結婚相手が決まった。

それは勿論、『素晴らしい奇跡を生む』と神託を受けた小夜子の結婚は早い方がいいという考えのもと取り決められたのだった。

結婚相手は、両親が選ぶことが多いが、小夜子の相手は、今の大神子が選んだそうだ。たいそうな資産家の素晴らしい方、とだけ聞いていた。

小夜子の胸中は、ようやく屋敷を出られる喜びと、嫁ぐ不安が交錯していた。

そんな中、姉様のお相手のような涼やかな素敵な方だったらいいな、と心ひそかに思っていた。

この家に生まれついた以上、自分の想う相手と結婚できないことは承知のうえであり、それに対して疑問や怒りもない。

ただ、天がよい運命を授けてくれることを期待していた。

そうして小夜子は十五歳になり、すぐに婚姻の儀が行われることとなったのだ。

那須の屋敷から顔合わせの食事会が行われるという東京に向かうまでの道中、小夜子は心を弾ませていた。

「お相手の方は、私もよく知らないのだけど、東京の方でね、お千代の披露宴で神楽を舞うあなたをの姿をビデオで観て、ぜひ自分にと強く申し出たそうですよ。また、大神子様も大乗り気ですから、きっとよい方なのでしょう」

小夜子の母、松子はそう言って笑みを見せる。

大神子様とは、小夜子も慕っている雛子のことではない。彼女は病気のため、すでに引退してしまっていた。

小夜子は気位が高く、気鬱がちな今の大神子のことは苦手に感じていたが、まがりなりにも大神子だ。きっと素晴らしい縁を結んでくれたに違いないと信じていた。

──わたくしを見初めてくれたんだ。

そう思うと嬉しさと恥ずかしさに頰が赤くなる。

まるで物語の姫君のように、幸せになれることを夢見ていた。

控室にて白無垢を身につけると、皆が口々に「美しい」と声を洩らした。

嬉しさと誇らしさの中、夫になる方にもそう思ってもらえるだろうか？　と小夜子の心はさらに弾む。

顔合わせに出席するために訪れていた千代も声を上げた。

「まぁ、小夜子、なんて綺麗なの？」

「姉様！　来てくれたんですね？」

「勿論よ、今日はあなたのために祝いの笛を吹くわね」

「嬉しい」

　すると、母が優しく言った。

「さあ、小夜子、旦那様になる方にご挨拶しましょう」

　心臓が強く音を立てた。

「はい」

　これから一生自分が添い遂げる方。神が用意した、自分にふさわしいお相手。

　緊張に体を震わせながら、夫が待つ控え室へと歩いた。

　母が控え室をノックし、扉を開けた。

　──そこには、蛙のような醜い中年男がいた。

　だらしなく太った体に、シミだらけの顔、見下すような目に歪んだ口もと。

「おお、我が姫君、よく来てくれた」

　脂汗を光らせながら両手を広げ、小夜子を舐めるように眺め回した。

「近くで見ると、より美しい。少女といえども、こんなに美しかったら屋敷の青年に手を付けられていないか不安になるのだが……」

男は、ちらりと横目で母を見る。

「……小夜子は内気な子でして、そんなことは決して」

松子は不愉快そうにしながらも、ぴしゃりと答えた。

「それはよいよい。花嫁は真っ白でなければならないからな。それでは安心してよい子を授かるように、すぐに励むとしますな」

下品な言い方をすると舌なめずりをし、だらしなく笑う。その口からは、腐ったネギのような臭いがした。

――この方が結婚相手？

目の前が真っ暗になるのを感じた。

吐き気がして血の気が引いて、小夜子はその場に倒れこむ。

「小夜子！」

母と姉が小夜子の体を支えた。

「ご、ごめんなさい、緊張して目眩が……」

「それはいけないわ、少し休まないと」

小夜子は別の控え室に運ばれた。

少しの間ひとりにしてほしいと母に告げ、小夜子はソファの上で声を殺して泣いた。

ひどい……。あんな……あんな方だなんて……。

容姿が美しくないのは、仕方がない。

姉様のお相手のような方なんて稀だもの。だけど、あんなにお年を召していて、何より生き方が人相に出ているかのような歪んだ顔。

下品で邪悪な雰囲気。

とても添い遂げたいと思える方ではなかった。

本当にあの方が、天が用意してくださったわたくしのお相手なのだろうか？

そのとき、スッと襖が開いて千代が姿を現した。

「小夜子、大丈夫？」

「姉様……」

小夜子は堪えきれずに千代にしがみついた。

「姉様、わたくし……いくら運命が用意してくださったとはいえ、あんな方と結婚するなんて嫌です！　嫌です！」

千代も痛々しく目を伏せた。

「小夜子、私、聞いちゃったの。大神子様があの方を選んだのは、神託なんかじゃないって。たいそうな資産家で、相当なお金を援助していただけることになったかららしいの。それも、あまりよくないお仕事をされているとか……」

「そんな」

「……今、私がこの部屋に来たことはお母様以外、誰も知らないわ。このままお逃げなさい。逃がしてあげるから」

千代は真っ直ぐに小夜子を見た。

「そんなことが可能ですか？」

「多分、お母様もそれを望んでいると思うの」

「えっ？」

「あの方がお相手と知って、とても不快そうにされていたわ。今もね、このガウンを私に渡して、小夜子の様子を見にいくように言ってきたのよ」

千代はそう言って、クリーム色の大きなガウンを小夜子に見せた。

「小夜子、これを羽織って、裏口からとにかく逃げなさい。あの方があなたの相手なんて私も耐えられないわ」

千代の言葉に小夜子は勇気づけられたように頷いた。

「姉様、ありがとう」

白無垢の上に、クリーム色のガウンを羽織り、小夜子はそのまま、人目につかぬように裏口から抜け出し、ただ必死に走った。

追手の気配はない。

まだ気付かれていないようだった。

小夜子は走りながら、でも、どこに行くんだろう、という思いが頭を掠めた。

逃げてどうなるんだろう……。

行くあてもない自分が逃げたところで、一時しのぎにしかならない。

いくら姉様やお母様がかばってくれても、大神子様に逆らえるはずもない。

必ず見つかり、あの男と結婚することになる。

小夜子は、結婚相手の姿を思い浮かべ、絶望に近い気持ちを抱いた。

あの人の子どもを生むなんて……。

鳥肌が立った。自分が彼に組み敷かれる姿を想像し、身震いする。

絶対に嫌だ。そんな未来なんていらない。

小夜子は息を切らし、顔を上げるとビルの屋上が目に映った。

そのままビルに入り、エレベーターに乗りこむ。十一階のさらに上に、『R』というボタンがあり、小夜子はそれを押した。

どうやら、このビル自体、駐車場のようだ。

屋上には駐車場が広がっていた。

車は数台しかなく、小夜子は風に圧されるように手すりへと向かう。

眼下に無数の建物が見える。

強い風が吹き、羽織っていたガウンが空へと飛んでいく。

やがて地上へと落ちるガウン。

自由になったけれど、どこにも行くあてがない自分の姿のようだ。最後は、落ちていくだけ。

小さく息をついて、再び景色を眺めた。

こんな景色があったなんて……。

初めて都会の景色を眺めた小夜子はそっと微笑んだ。

このまま捕まりたくない、結婚したくない、屋敷にも戻りたくない。

それならいっそ……。

小夜子は手すりをしっかりつかんだ。

ここから身を投げたら、楽になるのだろうか？

自分で自分の命を絶ってはいけないと教わってきた。でも、こうするしかないときもある。

お母様、姉様たち、ごめんなさい。

亡くなったお父様のところに行きます。

小夜子が前に身を乗り出したとき、誰かが腕をつかんだ。

追手が来たんだ、捕まった！

「離してください！」

と振り返ると、そこには端整で涼やかな顔立ちの青年の姿があった。

「何をやってるんだ、死ぬぞ！」

そう叫んだ彼に、戸惑いながらも、「死ぬつもりなんです！」と声を上げる。

――それが、学との出会いだった。


死を決意した小夜子の前に、学は現れた。

そんな彼の家に身を寄せることになり、小夜子の人生は息を吹き返したように感じられた。

彼は小夜子のためにいろいろ揃え、過ごしやすいように計らいながらも、押しつけがましいこともなく、過剰に甘やかすこともしない。

厳しさと優しさ、誠実さを持っている。

小夜子が思い描いていた理想の男性そのものだった。

彼こそが天が自分に用意してくれた存在なのかもしれない、と小夜子は思った。

ともに過ごす信治は明るく屈託なく、年上の男性だけれどまるで弟のようだと小夜子の心は癒された。

学の側に身を寄せていられることに幸せを感じつつも、いつ見つかり、連れ戻されるのだろうと気が気でない毎日だった。

まがりなりにも陰陽師を束ねる神子の一族だ。その能力を使って居場所を当てることなど造作もないこと。

すぐに捕まるに違いない、常にそう思っていた。

しかしそんな心配とは裏腹に、一向に迎えがくる気配もなく、あまりの静けさに小夜子は逆に不安すら覚えた。

そうして学たちの学校が始まり、家にひとりきりになったときに、小夜子は危険を承知で千代に電話を掛けると、

「小夜子、無事なのね、よかった！　元気なの？」

電話の向こうで、千代は嬉しそうな声を上げた。

小夜子は自分の境遇を伝え、屋敷がどうなっているのか訊ねる。

「勿論、躍起になってあなたのことを捜しているのよ。あの蛙の殿方がそれはもうご立腹でね、何としても連れ戻して祝言を挙げるって言い張っていて……。でも、屋敷の力のある陰陽師たちが雁首《がんくび》揃えてあなたの居場所を占っても、一向に浮かんでこないって言ってるのよ。不思議なことだけど、もしかしたら、あなたのいる場所は聖域のような特別な場所なのかもしれないわねってお母様と話していたの」

と千代は伝えた。

小夜子は驚きつつも、ひとつの確信を得た。

ここは、聖域。きっと大丈夫に違いない。

根拠はないが、ようやく心を落ち着けて学たちと共同生活を送ることができる気がした。

が、学の側にいればいるほど小夜子の気持ちは膨らむばかりだった。

「小夜子」と優しく掛けられる声。

細かな気遣いに、優雅な仕草。

理知的で端整な横顔。

ときおり頭を撫でてくれる大きな手。毎日、目がくらむほどに学を好きだという気持ちを感じていた。

想いが募って、ずっと側にいたくて苦しく感じるほどに。

その想いをあるとき千代に伝えると、彼女は電話口でこう言った。

「それなら、その方の子を儲けることよ」

「そんな、学さんの子を？」

小夜子は仰天し、目を丸くした。

「そうよ、あなたが妊娠してしまえば、さすがの蛙の殿方も諦めるでしょう」

「そう言われましても、どうすればいいのか分からないです」

小夜子が困惑しながらそう言うと、千代は冷静に告げた。

「深夜にその方の御寝所に忍びこむといいのよ。あとはすべてその方にお任せするといいわ。天が認めたなら、それで子を授かるはずだから」

電話を切ったあと、小夜子は呆然と立ち尽くした。

衝撃的だったが、姉の助言は的を射ているとも思った。

深夜に学さんのベッドに行けと姉様は言っている。それが、どれほどはしたないことなのか、小夜子には分かっていた。

それでも学さんの子を授かることができたら……そう思い、小夜子は決意した。

その夜は、激しい嵐だった。轟く雷鳴の中、学の部屋のドアをノックする。

心臓が強く音を立てていた。

「……どうぞ」

学の声を確認し、小夜子はゆっくりと部屋に足を踏み入れた。

はたして彼はどうするのだろう。

深夜に殿方の寝所を訪れたわたくしを、何てはしたない娘だといぶかしがるのか、それとも喜んで受け入れ、行為に及ぶのだろうか。

学のことを苦しいほど好きだと感じていたが、怖くてたまらなかった。いったい、どんなことになるのか……。

怯えながら顔を上げると、学はベッドから上体だけを起こし、笑みを見せていた。

「今、小夜子が怖がっているんじゃないかと心配してたんだ。すごい雷だよな、怖かっただろ」

……わたくしを心配してくれていた。小夜子は目頭が熱くなるほど、嬉しく感じた。この人になら、どんなことをされてもかまわない。意を決して、学の胸に飛びこむように抱きつく。

雷が鳴り、部屋の中に閃光が走る。

抱きつきながらも、体の震えが止まらなかった。

「――そんなに怖いのか？」

雷に怯えていると思いこんでいる学の様子に、小夜子は苦笑した。

恥ずかしさを押し殺し、静かに尋ねる。

「……ご一緒してもよろしいですか？」

返事に間が空き、小夜子は逃げ出したい気持ちになった。

「……あ、ああ、それじゃあ小夜子はベッドで寝るといい。俺は下に布団を敷くよ」

学はそう言ってベッドを降りようとした。

そんな彼の姿に、小夜子は胸が詰まるような思いだった。

彼にとって、自分はまだまだ幼い子どものような存在に違いない。女性として見てくれてはいないのだ。

そのとき初めて、小夜子は自分を女として見てほしいと、強く思った。

学のパジャマの裾をしっかりつかみ、潤んだ瞳で見つめる。

「ここで……学さんと一緒に」

精一杯のアプローチだった。それでも学の姿勢は変わらなかった。

「ああ、分かったよ。それじゃあ小夜子が眠るまでちゃんとついてるから」

小夜子を横に寝かせて布団を掛け、寝かしつけるように頭を撫でる。

その優しさは嬉しかった。しかしそれでは子は授からないのだ。

小夜子は学にしがみつく。

「――わ、わたくし……学さんが好きです」

心臓がさらに音を立てる。

遠まわしに言っても、彼はわたくしを受け入れないだろう。そう思っての決意の言葉。

そのままゆっくり口を開く。

「今夜だけでいいです。わたくしを……学さんのお嫁さんにしてください」

再び、雷鳴が轟いた。

「さ、小夜子……自分の言っていること、分かっているか？」

戸惑いの声。それでも何もしてこようとはしない彼の様子に、小夜子は涙が出そうになった。

半分、自棄《やけ》になりながら小夜子はパジャマのボタンを外しはじめた。

指が震える。あまりの恥ずかしさに、学の顔が見られない。

すべてのボタンが外れて、はらりとシーツに落ちる。ひやりと冷えた部屋に、むき出しの上半身がさらされる。

「小夜子……」

彼の指先が肩に触れた瞬間、

「っ！」

恐怖を感じ、小夜子の体は自分でも驚くほどに跳ねた。

学は瞬時に、手を止める。

少しの間のあと、学はそっとパジャマを肩に掛け、そのボタンを留めた。

「学さん？」

すべてのボタンを留め終えた学は、そっと小夜子の頭を撫でた。

「ありがとう。俺も小夜子が好きだよ。本当に大切に思っている。でも小夜子はまだ十五歳なんだ。自分が思う以上に、小夜子はまだ子どもなんだ。もっと心と体を育てて、そのときに……まだ小夜子が俺を好きでいてくれたら……」

「学さん……」

胸が詰まり、ボロボロと涙が零れた。すべてを見透かされた気分だった。学に想いを抱いていたが、自分は無理をしていた。彼の言葉どおり、自分は自分が思う以上に幼いのだ。

そんな自分を大切にしてくれる彼をわたくしは好きになったのだ。

彼に抱かれたいと思いながら、彼が行為に及ばないことをどこかで望んでいた。

そして彼はきっと、自分を抱かないことを心のどこかで分かっていた。そんな彼を好きになったから。

結局、学との行為には至らず、そのことを千代に伝えたときに、恐ろしい事実を聞くこととなった。

「大変なことになったわ。大神子様はいつまでもあなたが見つからないことに憤り、ついに警察を使うことにしたそうよ。早く戻らなければ、あなたの好きな殿方が誘拐犯にされてしまうわよ」

小夜子はあまりのショックに目の前が暗くなった。

何も話せずにいる小夜子にかまわず、千代は話を続けた。

「だから連れ戻される前に、もう一度子どもを授かるよう努力なさい。だけど、そのお相手の方、大神子様にどんな目に遭わされるか分からないわね。因果も背負ってしまうかもしれない……ああ、どうしたら」

その言葉は、小夜子をさらに失意の底に突き落とす。

そう、大神子が彼に何をするか分からない。

許婚を裏切り、家を裏切り、自分のエゴで好きな方の子を無理やり儲けてしまい、その因果のすべてが彼に渡ってしまったら……。

そんなことは耐えられない。彼を巻きこむくらいなら、あの男のもとに行こう。

——屋敷に帰ろう。

そうするしかない、と小夜子は覚悟を決めた。

その日の夕方、学も信治も家にいないときを見計らい、千代に電話し、屋敷に伝言を頼んだ。

明日の早朝帰りますので迎えにきてください。と、最寄りの駅を告げて、決して警察を使わないよう念を押したのだった。

学と信治には、書き置きをして黙って出ていくつもりだった。

長い間世話になりながら、書き置きだけで立ち去るのは無礼であることは承知していたが、別れを言うのは辛すぎた。

その夜も嵐だった。

翌朝に迎えがくるというのに眠れるはずもなく、水を飲もうとキッチンに向かうと偶然、信治も起きてきたのだった。

「信治さんも寝つけなかったのですか？」

そう訊ねると、暗闇の中、突然信治は小夜子を強く抱き締めた。

小夜子は驚き、声を上げることができなかった。

「俺、ずっと小夜子ちゃんが好きだったんだ……。最近、何だか思い詰めたような顔をしていて、俺も苦しいよ……小夜子……」

そう言って、抱き締めた腕に力を込める。

信治が自分に好意を抱いていることにはうすうす気付いていたが、気付かぬ振りをしてきた。

彼のことを兄のようにも弟のようにも感じ、慕っていたからだ。

信治は抑えが利かなくなったように、小夜子をそのまま床に抱き伏せ、唇を重ねてきた。

「――ッ！」

寒気がするほどの嫌悪感。

声を上げて逃げ出そうかと思うと同時に、小夜子は許婚の姿を思い浮かべた。

もし、このまま家に帰ったならば毎日毎夜、自分はあの許婚の腕の中にいなければならない。信治よりもずっと嫌悪を覚える相手と……。

だが、このまま信治に身を預けることで、結婚を回避できるかもしれない。

花嫁は、真っ白でなくてはならないと言っていた男だ。純潔を守らなかった娘を嫁にしたくないと、あの男ならきっと言うだろう。

たった一度、今、身を預けるだけで、結婚しなくて済むようになる。

子どもは、天が認めたときに授かると言っていた。それならば、気持ちのない行為で授かることはないだろう。

愚かで浅はかな考えと頭のどこかでは分かっていたものの、あの男のもとに嫁ぐのを回避するにはこれしかないと、瞬間的に思った。

小夜子は抵抗するのをやめて、手を床に落とし、目を瞑った。

「さ、小夜子ちゃん……っ」

信治はそれを了承のサインと受け取ったようで、まるでタガが外れたように、覆いかぶさってくる。

雷鳴の中、信治は衝動に任せるかのごとく、行為に及んだ。

小夜子は信治の腕の中で苦痛に堪えながら、早く終わってほしいと願っていた。

こんなことはすぐに終わる。

そうしたらわたくしはあの男のもとに嫁がなくても済む。

だけど……。

助けて、学さん。

まさに、そのときだった。

学が、リビングに入ってきたのだ。

――すべてが終わったと感じた。

絶対に見られたくない人に、自分の浅ましく愚かな姿を見られてしまった。

そうして、結局、最悪な形での別れとなった。

5

小夜子はそこまで話し、息をつく。

学は、そんな小夜子の横顔を黙って見つめていた。

「これが、わたくしのすべてです。本当に愚かだったと思います。それでも、どうしても嫁ぎたくなく、あのときはそうするしかなかった」

学は何も言えず、ただ小夜子の横顔を見つめていた。

「あのあと、あなたの家を出て、最寄りの駅に向かうと迎えの車が来ていました。そして、わたくしは東京の屋敷に連れていかれ、今の大神子にご迷惑を掛けたことをお詫びすると、彼女はわたくしを一目見て、男性と交わったことを見抜きました。それでも、大神子はそれを隠して婚姻の準備を進めようとしました。ですが、そのときたまたま、病気療養中だった雛子様のお加減がよかったことから、雛子様がその場をとりなしてくださいました。

その後、わたくしの妊娠が分かり、正式に許婚との話は破談となりまして、わたくしはこの那須の屋敷で出産と育児をすることとなったのです」

「……信治は？」

「妊娠が分かったときに、わたくしの母がそれを信治さんに告げて、彼をすぐにこの那須に呼びました。ですが同じ頃、信治さんは大神子の手の者に、脅しを掛けられていたようなんです」

「脅し？」

「はい。『小夜子と一緒になることは許さない』と言って。大神子としては、信治さんがわたくしのもとから去ってしまえば、わたくしが子を生むことを諦めるかもしれないと思ったようです。……その脅しに屈してしまった信治さんは『お願いだから子どもを諦めてほしい』と言って、わたくしのもとから姿を消しました」

「何だって……」

顔色を変えた学に、小夜子は首を振る。

「仕方のないことなんです」

小夜子は立ち上がり、遠くを見るように目を細めた。

太陽は西へと傾き、池の水面がオレンジ色に反射している。

「何が仕方ないんだ？」

「……大神子の手の者は、大企業に勤めていた信治さんのお父様を失業させたんです。わたくしから手を引かないと家族が生きていけないようにしてやると脅したそうで、それで信治さんは……。わたくしは雛子様に信治さんのご家族に被害が及ばないようお願いしました。雛子様のお力添えがあり、信治さんのお父様は無事、関西の企業に再就職することが叶ったんです」

それで信治の一家は関西に行ったのか、と学はつぶやく。

信治のことを許せない気持ちはあるが、父親の職まで奪う巨大で得体のしれない権力に、恐ろしくなって逃げ出してしまった気持ちも分かる気がした。

「それから、信治さんとは疎遠になりました。彼をこれ以上巻きこみたくなかったので、わたくしはこれでよかったと思っていました。さらに彼のことを思うなら子どもも生むべきではなかったのかもしれません。ですが胎内で少しずつ育つ命を殺してしまうなんて、わたくしには考えられなかったんです」

「小夜子は信治のことをどう想っているんだ？」

「彼には感謝しています。タケルという宝を授かることができましたし、気持ちのない男の許へ嫁ぐこともなくなりました。巻きこみたくないと思いながら、いつも巻きこんでしまって、今回もこんなことに……本当に申し訳ないと思っています」

小夜子は消え入りそうに言って俯く。

「何言ってるんだよ。それは信治がやったことの責任なんだ。信治自身の因果なんだよ、小夜子が申し訳なく思うことじゃない。どうしてひとりですべてをかぶろうとするんだ」

そう言うと、小夜子は驚いたように目を見開いたあと、そっと微笑む。

「学さんは、あの頃とお変わりないですね。誠実で正しくて……」

「俺は、誠実でも正しくもない」

小夜子を抱けなかったのは、愛しい以上に怖かったからだ。

自分のできなかったことをした信治を、どれだけ妬んできただろう――。

「小夜子、どうして、あのときにすべてを話してくれなかった？　追い詰められていたことも、ひとりで帰ろうと決意したことも……」

そう言って学も立ち上がると、

「話したなら……あのとき、あなたはわたくしを抱くことができましたか？」

視線をしっかりと合わせて問う小夜子に、学はぐっと言葉に詰まる。

「学さん、ご自分では気付いていないでしょうが、あなたは非常に徳の高い方です」

「違う、小夜子は俺を買いかぶっているよ」

学は、居たたまれなくなって目を逸らす。

自分は立派な人間ではない。長い間、信治に嫉妬し、憎み続けていた。信治を責めながらも、自分こそ本当は、小夜子に触れたかったのだ。

「そんなことありません。頭の中で何をどう思おうと、人は起こした行動こそが結果なんです」

強い口調で言う小夜子に、学は再び言葉に詰まる。

「あなたは、わたくしをとても大切に慈しんでくれました。タケルのこともです。本当に徳の高い方です。その徳こそがわたくしの居場所を陰陽師たちに分からなくさせた強固な結界にもなっていたのです。そんなあなたは、あの夜、たとえ事情を聞いていても怯え怖がる、まだ幼いわたくしを抱くことはできなかったはずです」

今夜だけお嫁さんにしてください、と震えながら哀願した小夜子を思い出し、学は目を逸らす。

しばしの沈黙が訪れる。

学は無言で小夜子の横顔を見つめていた。

「それで……今は辛いことはないのか？」

ポツリと訊ねた学に、小夜子は小さく頷いた。

「はい。タケルがいて、意に沿わぬ結婚をさせられることもなくなり、以前よりも自由を与えられ、今わたくしは幸せです」

そう言って美しい微笑みを浮かべる小夜子。

「そうか……よかった」

学は目に浮かんだ涙をごまかすように横を向く。

「小夜子が幸せならそれでいい」

「学さん……」

「……今も昔も、俺が望んだのは小夜子の幸せだけだ」

そう言って、切なくも笑みを見せた学のつぶやきに、小夜子は言葉を失った。

やがて肩を震わせ、堪え切れないように大粒の涙を流す。

「学さん……ずっとずっとあなたが好きでした。あんなことになって、軽蔑されているのも分かっております。それでも……わたくしはずっとあなたが好きでした。どれほどお会いしたかったでしょう、ずっと焦がれておりました」

美しい顔をくしゃくしゃにし子どものように泣く小夜子を前に、学の胸は熱くなる。

――小夜子。

「……罰でも因果でも、何でも背負ったのに……」

「えっ？」

驚き顔を上げた小夜子を、学は拳を握り締め、真っ直ぐに見つめた。

「何でも話してほしかった。どんな罪を背負っても、その結果、家族に迷惑を掛けることになったとしても、俺は小夜子を護《まも》ったのに」

そう、大神子の妨害で、父が失職することになっても、父に頭を下げて謝り、恥を忍んで小夜子の親族に、助けてください、と頭を下げながら協力を願い出て、泥にまみれて這いつくばってでも、小夜子が求めてくれるなら、自分は彼女の側にいて護りたかった。

「──学さん」

真っ赤な顔で泣きじゃくる小夜子を、学はそっと抱き寄せる。

「小夜子……」

その体をしっかりと抱き締める。

相変わらず華奢で壊れそうな小さな肩。

胸の中の小夜子を見つめ、学は目頭が熱くなった。

「俺も……ずっと好きだった。忘れられずにずっと苦しんでた。会いたかった、小夜子、ずっと会いたかった」

学は小夜子を胸に、目に涙を光らせた。

「……学さん！」

小夜子は学の胸の中で、涙を流した。

心地よい風が、ふたりを包んだ。

この六年間、彼女を憎んでいたのではない。焦がれていただけであることに、学は気付いた。

好きで、好きだから、苦しかっただけだ、と。

何より大切な愛しい存在だった。

今までの何もかもを埋めるかのように、ふたりは強く、その身を引き寄せ合った。

6

花柄の小紋を着用した真美は、上機嫌で学の姿を捜していた。

「学さーん、どこですか？」

庭園を見回していると、つつじの陰に隠れているタケルの姿を見つけ、「タケル君」と駆け寄った。

すると、タケルは人差し指を立て、「しーっ」と囁く。

視線の先には学と小夜子が抱き合っている姿があり、真美はぎょっと目を見開いた。

「だ、誰？　あの人？」

「ぼくの母です」

タケルはそう言ってニコリと微笑んだ。

「えっ？　あの人が小夜子さん!?　い、いいの？　お母さんが……」

真美はパニックになりながら、学の姿とタケルを交互に見た。

「いいんです。……ぼくもずっと望んでいたことですから。母はずっと学さんを想っていたんです。本当によかった」

嬉しそうに目を細めるタケルを前に、

「私はよくないわよ、全然よくない！」

真美は目に涙を浮かべ、その場にしゃがみこんだ。

するとタケルは、真美の顔を覗きこみ、頬を挟むように両手で包んだ。

「ぼくが真美さんをお嫁さんにしますよ」

「へっ？」

真美は涙を浮かべたままの目を丸くした。

目の前には、愛らしく微笑む幼い美少年。

「な、何言ってるのよ、もう！　タケル君と私はね、十二歳も離れているわよ。そんな口先だけの慰めなんていらない」

真美はまた半べそをかいた。

「口先だけなんてことは決して……。真美さんが三十路になる頃、ぼくは十八。いい関係になれるかもしれませんよ」

ふふっと笑うタケルに、真美はまた目に涙を浮かべた。

「タケル君なら、学さんも唸るくらいのイイ男に育つと思う。でも学さんがいいのよぉ」

うわーん、と涙を流す真美の頭を撫でながら、タケルは再び抱き締め合うふたりの姿に頬をゆるませた。

「……よかったですね、母上」

とても小さな声で囁いたタケルに、真美はおもしろくない気持ちで顔を上げる。

しばし嬉しそうな様子を見せていたタケルだが、西の空に広がる暗雲に目を向けて、険しい表情を見せた。

「タケル君、どうかしたの？」

「もうすぐ嵐が来ると思いまして」

「嵐が？　天気予報では連休中ずっと晴れだって……」

本当の嵐ではないですよ、とタケルは笑う。

「龍神が警告を発しています。この一族の争いは、国を巻きこむものだと。何とかしなければなりません。いよいよ――戦いが始まります」

強く拳を握り締めたタケルに、真美は圧倒されて息を呑んだ。

第四章　決着のとき

1

「真美さん、この度はタケルが本当にお世話になりました」

その夜、屋敷の大広間で、改めて真美と対面した小夜子は畳に手をついて深々と頭を下げた。

真美は、小夜子を上から下まで眺めて、ゴクリと息を呑む。

やっぱりなんて綺麗な人……。

あまりにも凝視する真美に、小夜子は戸惑いの表情を浮かべる。

「……どうかなさいましたか？」

その言葉に、真美は負けてなるものかと鼻息荒く、胸を張る。

「私、学さんが好きなんです、それだけ伝えておきたいと思いまして！」

真美の突然の宣戦布告に、隣に座っていた学は唖然とし、タケルは愉しげに笑った。

小夜子は「まあ」と目を丸くしたあと、優雅に微笑んだ。

「そうなのですね。学さんは素敵な方ですものね」

嬉しそうに微笑む小夜子を前に、真美は眉根を寄せた。

「あの、そういうんじゃなくて、私はあなたに宣戦布告をしているんです」

「どうして戦う必要があるのですか？」

小首を傾げる小夜子に、

「どうしてって……」

真美は言葉を詰まらせた。

「真美さん、我々の一族の女性は古《いにしえ》より宮家の側室になることが多かったので、自分の想う相手に女の人が何人いても気にしないものなんですよ」

「え、ええ？」

「もちろん、神子の性格にもよりますけどね」

そう続けたタケルに、真美はムッとした様子で小夜子を睨んだ。

「そんなのは絶対に変。女は一番じゃなきゃ絶対駄目なのよ！　自分が二番だったり三番だったり、そんなのは耐えられない。自分だけを愛してもらわなきゃ」

真美の強い口調に、小夜子は驚きの表情を見せたあと、ふふふと笑う。

「あなたは率直で素敵な方ですね。優しくて強くて明るくて眩しいくらい。太陽のようなお嬢さん」

にこやかに告げる小夜子に、真美はまた肩透かしを食ったように息をつく。

「……何だかひとりで憤ってる私がバカみたい」

タケルはそんな真美の肩に優しく手をのせた。

「だから真美さん、ぼくが大人になるまで待っていてくださいね」

「……タケル君」

真美はタケルの愛らしさにキュンとし、思わず頬をゆるませた。

「ちなみに神官はその能力をより多く子孫に残すために、多くの側室を持つことを望まれるので、それはご了承くださいね」

「何よそれ、そんなの絶対ごめんよ」

と真美はまた叫ぶ。皆がプッと噴き出し、なごやかなムードとなった。

「学さん、真美さん、今日はぜひ泊まっていってください」

身を乗り出して言うタケルに、学はチラリと真美を見た。

「泊まったりしたら、真美ちゃんの家族が心配するよな？」

「大丈夫です。ゴールデンウィーク中、友人の別荘にいると言ってあるので、家の者は全然心配していないです」

あっけらかんとそう言う真美に、タケルがクスリと笑った。

「さすが、用意周到ですね」

「だって、タケル君の護衛ですもの、何があるか分からないでしょう？」

真美は強気な口調で言いつつも、まさか、失恋旅行になるとは思わなかったけど、と内心苦笑した。

小夜子は、うふふ、と笑った。

「この屋敷に外部の方がいらっしゃるなんて本当に稀なことなので、皆嬉しく思っているんですよ。今夜は歓迎の宴を開きますので、どうかごゆっくりなさってください」

小夜子の言葉どおり、まだ幼い神子や神官たちが興味津々で遠目にこちらをうかがっている様子が見受けられた。

「本当、小さい子たちがこちらを見ている。かわいい」

そう言った真美に、タケルは肩をすくめた。

「小さい子と言っても、ぼくより年上の子たちですがね」

「お前は小さい子という感じがしないからな」

学のつぶやきに、皆は思わず笑った。


こうしてその夜、歓迎会が開かれることになった。

屋敷に住む陰陽師や神子たちは、大広間にお膳料理を運ぶなどして、嬉々として宴会の準備を進めていく。

「ここには、何人ぐらい住んでいるんだろうな？」

廊下を歩く青年や少女たちの姿を見ながら学が独り言のようにつぶやくと、真美が前のめりで答える。

「実は私も気になって、着替えのときにいろいろ聞いたんです。ここには、三十人くらいの老若男女が家族のように生活をともにしているそうです。男女の居住棟は別だそうですけどね。で、今、ここを取り仕切っているのは、松子さんのお父様で、長老って呼ばれているとか」

つまり小夜子の祖父か、と学は頷く。

「大神子はここに住んでるわけじゃないんだ?」

「はい。大神子は京都にいるそうです」

「もしかして、あの京都の御所に?」

京都の中心部にある広大な御苑《ぎょえん》の中にある屋敷を思い浮かべた学に、真美は首を振る。

「いいえ、詳しい場所は教えてくれませんでしたが、ここと同じくらいの広さの屋敷だという話です。なので郊外なのかもしれませんね。京都の町中は狭いですし」

京都にあまり詳しくないという学は、ふうん、と頷くだけだった。

「それじゃあ、雛子様って人も京都の屋敷に?」

「いいえ。雛子様は、こじれた出雲一族を立て直すのに伊勢一族の力が必要だと、今は皇居に身を寄せているとか」

真美が言うと、皇居、と学は目を丸くし、

「何だかスケールの大きな話だな……」

いまだに信じられない、と息を吐くようにつぶやく。

何となく沈黙が訪れる中、子どもたちの声が耳に届いた。

幼い子たちが、懸命に座布団を運び、手伝っている姿が目に入る。

「……あの子たちは、所縁のある家の子っていうことか？」

「そうみたいですね。とくに霊感の強い子たちが集められて、まるで寄宿学校のように親元から離れて、ここで修行のようなことをしているそうです」

「やっぱり、普通の世界じゃない」

苦笑する学に、「本当ですね」と真美は笑った。


その夜の屋敷は、浮かれたような雰囲気だった。

若い女性の神子たちは学の噂をし、若い陰陽師たちはかわいらしい真美の姿を一目見たいと、さりげなく通り過ぎては会釈をしていった。

やがて宴が始まり、上座に座るよう促された学と真美は、遠慮がちに腰を下ろす。

屋敷に住む神子や陰陽師が一堂に会していた。

真美が聞いたとおり、老若男女三十人くらい。皆、白衣に袴姿だ。

白髪に白髭の老人と気品のある老女が、松子と並んで座っている。

おそらく小夜子の祖父母に違いない。

中年も、陰陽師を束ねていると言っていた榊の他、男女数名いたが、他は幼い子どもから二十代までの男女だ。

一人ひとりの前にお膳があり、その上には、鯛の塩焼き、刺身、蒸した伊勢海老《えび》、野菜の天ぷらにお吸いものが綺麗に配置されている。

皆の中にタケルと小夜子の姿はなかった。

「あれ、タケルと小夜子は……？」

学がそう言って大広間を見回していると、若い神子がやってきて、学のお猪口《ちょこ》に清酒を、真美のグラスにはオレンジジュースを注《つ》いでいった。

皆のグラスに飲みものが注がれたのを確認すると、榊がそっと口を開く。

「それでは、長老……」

白髪に白髭の長老は、うむと頷き、学と真美を見る。

「この度は、タケルがお世話になりました。無事にあの子が帰ってこられたのは、あなた方のお陰です。ありがとうございます。ここは俗世から離れたようなところなので、お口に合うかどうか分かりませんが、今宵はおおいに食べて飲んでいってください」

そう言って頭を下げる長老に、皆も「いただきます」と手を合わせる。

「おいしそうですね。学さん、いただきましょう」

「でも、タケルは？」

学は、どうしてもふたりの姿がないことが気になる様子で、気もそぞろにお猪口を口に運んでいる。

「そのうち来ると思いますよ」

真美はあっけらかんと言って、伊勢海老を口に運ぶ。

「……っ！　ぷりっぷりでおいしいです。学さんもほら」

「あ、ああ」

すると、ややあって小夜子が大広間に姿を現して、徳利を手に学の前に座った。

「遅れてすみません。学さんどうぞ」

「ありがとう」

学は微笑して、酌を受ける。そんなふたりの姿は、とても絵になっていた。

真美はおもしろくない気持ちで眉根を寄せる。

「真美さん、甘酒もあるんですよ。いかがですか？」

今度は、別の徳利を手にする小夜子に、

「いただきます」

今まで飲んでいたオレンジジュースのグラスを置いて、空のお猪口を差し出す。

小夜子は徳利を手に、ゆっくりと甘酒を注ぐ。

その美しさと優雅な振る舞いに、真美は思わず目を奪われ、そして我に返った。

……恋敵に見惚れちゃ駄目じゃない。

半ば自棄になりながら甘酒を口に運び、意を決したように顔を上げた。

「あ、あの、学さんここでハッキリお聞きしたいのですが、私にはもう望みはありませんか？」

真美は自分を追い詰めていると分かりながら、学を見据えた。

学は申し訳なさそうに目を伏せて、謝罪の言葉を口にしようとする。

真美は急に、決定的な言葉を聞くことが怖くなり、

「や、やっぱり、お返事はあとで聞きます。せっかくの歓迎会、楽しみたいので」

真美は涙目で甘酒をグイッと飲んだ。

「……真美ちゃん」

それでも何か言おうとする学に、

「そ、そういえばタケル君は？」

と、ごまかすようにキョロキョロと広間を見回した。

「そうだよ、タケルは主役だろ」

「ええ、タケルは夕刻から本殿にこもっていまして……そうなると、どんなときであろうとも、皆は何も言えないんですよ」

その言葉に少し心配になった学は前のめりになる。

「タケルの所に行ってもいいかな？」

「ええ」

小夜子はそっと立ち上がり、「こちらです」と大広間を出る。

「ちょ、ちょっと待って、私も行きます」

と真美も後を追った。

2

大広間を出て廊下を渡り、一度外に出ると、広がる庭園の向こうに、朱色の鳥居と社が見えた。

「こちらが拝殿です。様子を見てきますね」

小夜子はそう言って、先にひとり裏口から本殿に入った。

すぐに真美たちも呼ばれ中に入ると、タケルは御神体の前に正座して、俯きながら何かをつぶやき、祈っているようだった。

隣に座る青年が、それを書き記している。

真美は小声で「あの人は、迎えにきてくれた榊さん……何をしているのですか？」とつぶやく。

「神の声を降ろしているのです」

「神の声を？」

「彼は、審神者《さにわ》なので」

「さにわ？」

聞き慣れない言葉に、学と真美は声を揃えた。

「ほとんどの神子や神官は自分のことは分からないと言います。というのも、たとえ神の声を降ろしていても無意識状態で、当人は覚えていないこともその原因のひとつとされています。ですので、本格的に自分の今後を知りたいと思った場合は、ああして、無意識下で告げた神託を書き記す者が必要となるのです。その言葉が本当に神からのものか、それとも低級な動物霊の言葉なのか見極める力も必要となりますし……。そうした見極める能力を持つ者を『審神者』と呼びます。……そこに座る榊は素晴らしい審神者なのです」

小夜子は小声でそう伝えた。

タケルはブツブツとつぶやき、しばしの間沈黙して、顔を上げた。

「学さん、真美さん、いらしてたんですね」

夕方、庭で話していたときは、白い羽織に紺の袴姿だったが、今は烏帽子《えぼし》をかぶり狩衣《かりぎぬ》を纏った、それは凛々しくも愛らしい姿となっている。

「ああ、仕事の最中に悪かったな」

学はタケルに歩み寄った。

「今、これから自分がすべきことを神にお聞きしていたんです」

タケルは審神者である榊を見て、

「それでは、読んでいただけますか？」

と手を合わせた。

「それでは建王様のご神託を読ませていただきます」

榊は深々と頭を下げた。

「血族の乱れとひずみを正し、蛇神を祓え。足もとが清浄となったとき、すべての元凶を正すこと。すべては出雲の地にあり。古から残る遺恨を根絶するように。そして、しがらみをほどくための知恵は、父に借りるようにと」

榊はそう言って、顔を上げた。

「ありがとうございました」

タケルは床に手をつき、深々と頭を下げた。

神託を側で聞いていた学は、戸惑いつつ難しい表情を浮かべる。

「……父に知恵を借りるといっても、信治は入院中だろ？」

その言葉に、タケルは弱ったように頭を掻いたあと、学を見上げた。

「……この神託の『父』とは父のことではないようです」

「えっ？」

「――父とはあなたのことを指しています。学さん」

タケルの強い眼差しに、学の心臓が強く音を立てた。

「神託を受けながら、あなたの姿が浮かびました。おそらく天は、血のつながりではなく、ぼくの心を尊重し、あなたを父と定めたのでしょう」

「タケルの心を……？」

「一緒に過ごしながら、ぼくはずっと、学さんがお父様だったらいいな、と勝手に思っていたのです。図々しい話ですよね、申し訳ありません」

タケルは頬を赤らめて、目を伏せる。

「タケル……」

学は片膝を立てて、その場にしゃがみこみ、タケルの顔を覗いた。

「……光栄だよ、ありがとう」

その言葉にタケルは大きく目を見開き、小夜子は口に手を当てて、目に涙を浮かべた。

「ありがとう……ございます」

タケルは頭を下げながらも、その澄んだ瞳から溢れ出た涙を必死で拭った。

学は、そんなタケルを優しく抱き寄せる。

「学さん……」

タケルは、学にしがみつくように抱きついて、涙を流した。

隣で小夜子も口を押さえて涙を流し、真美も複雑そうな表情を見せながらも、ぼろぼろと涙を流していた。

「学さん。ぼくが那須の屋敷に戻ったことで、大神子は、ぼくが『新月』であるということを振りかざして、抹殺するつもりでいます。ぼくはもう、逃げも隠れもしたくありません。どうか知恵をお借りできますか？　どう突破口を開けばいいのか……」

タケルは涙を拭って、学を見つめた。

「――突破口か」

と学は腕を組む。

「……『新月』というのは『口にした恐ろしいことが現実になってしまう』能力を持つ者のことを指すんだろう？」

「はい」

「過去に『新月』だと言われて消された者がいるにしろ、実際、そんな能力者は実在したのか？　力がありすぎた故に因縁をつけられていただけなんじゃないのか？　……今のお前みたいに」

低い声で訊ねた学に、タケルと小夜子はハッとしたように顔を見合わせた。

本殿に沈黙が訪れた。

そんな中、榊が痛々しい表情で頷く。

「あなた様の言うとおりです。今まで、口にしたことが現実になってしまうような能力者なんて実在しなかったと思われます。ただ、力があり、正義感が強すぎた故に疎ましがられて、因縁をつけられたのでしょう」

「やっぱりな。それじゃあ、その『新月』を逆手にとってやればいいんだよ」

学はそう言って笑みを見せた。

「――逆手？」

「ああ」

強い眼差しを見せる学に、皆は顔を見合わせた。


「明日、京の屋敷でですか。いよいよですね」

学と真美が那須に来て二日後。

京都の屋敷に来るよう、大神子からの伝言を聞いたタケルは、晴れ晴れとした表情で言う。

タケルとともに双六《すごろく》をしていた真美は、不安に瞳を揺らした。

「タケル君、怖くない？　大丈夫」

「大丈夫です。不思議なくらい、気持ちは落ち着いております。学さんの助言も得られましたし。準備できているので、すぐ出られます」

すっくと立ち上がるタケルに、壁に寄りかかって本を読んでいた学は、顔を上げた。

「タケル、俺もついていくよ」

「もちろん、私も行くわ」

すぐさま、真美がそう続ける。

そんなふたりにタケルは笑みを返した。

「ありがとうございます。ですが、京都の屋敷は本当に外部の人間は入れないので、どうかここでお待ちください。すぐに戻りますから」

「どうして、すぐ戻れるって分かるの？」

「それは、何となく。秘策もありますので」

タケルは、ふふっ、といたずらっぽく笑った。

「京都へは、ここから新幹線で？」

「いえ、ヘリで向かいます」

真美は「ヘリぃ？」と素っ頓狂な声を上げた。

「そんなのがあるの？」

「ええ、ここの裏にヘリポートもありますし。そんなに驚くことですか？　皆さんは使われないんですか？」

不思議そうに振り返るタケルに、「お前はマリー・アントワネットか」と学は顔を引きつらせる。

「使わないわよ、ヘリなんて！　私、今まで自分のことをそれなりにお嬢様だと思っていたけど、タケル君には及ばなかったわ」

「ぼくたちは緊急時にヘリを利用するんですよ。震災のときも祈禱のために現地へヘリで向かいましたし。ときには富士山へ向かったりもします」

「どうして富士山に？」

「あそこは日本一の霊山なので、新年の祈禱に行ってパワーをいただいたり、また富士山自体がエネルギーを溜めこみすぎるのも危険なので、噴火を防ぐための祈禱に行くんです」

「やっぱり別世界」

「本当だな」

そんな話をしていると、榊が姿を現した。

「建王様、準備が整いました」

「ありがとうございます」

タケルは榊に頭を下げたあと、学と真美を見上げた。

「ぼくが留守の間、どうか母上のことをよろしくお願いします」

タケルが大神子に立ち向かう決意をした直後から、小夜子はタケルの無事を祈るために、本殿にこもることが多くなっていた。

今も祝詞を上げている。

「――ああ」

「それでは、いってきます」

「気をつけろよ」

「無事を祈りながら帰りを待ってるからね」

タケルは強く頷き、ふたりに背を向ける。

部屋を出て、外に向かうべく颯爽と歩き出す。

学と真美は、タケルを見送ろうと慌ててあとを追うと、すでにタケルは長い廊下の先を歩いていた。

幼く小さな背中が、大きく見えた。

3

「失礼いたします。建王が到着いたしました」

京都の屋敷で、畳が敷き詰められた大広間の上座に座り、タケルの到着を待ちわびていた大神子は、その声に顔を上げた。

大神子の年齢は三十代半ばほど。白塗りの顔は凹凸がなく、まるで能面のような印象を与える。赤い唇だけが異様に鮮やかで、細い目から放たれる眼光はとても鋭く、見る者に迫力を与えていた。

大広間には、数十人の神子と神官、陰陽師たちが壁際に対となって座り、緊張に顔を強張らせている。

タケルは開け放たれた下手の襖から中へ入った。水干を身に纏い、美しくも愛らしい幼い神官。タケルの、以前にも増して神々しさを放つ姿に、その場にいた者皆が思わず目を奪われた。

タケルはその場に正座をして、畳に手を突き、深々と頭を下げる。

「お久しぶりです、大神子様」

「うむ、面を上げよ。新年の会合以来だな。しかし、そなたは本当に神子の中で抜きん出た美しさを誇る小夜子にそっくりだな」

　顔を上げて、ニコリと微笑んだタケルの愛らしさに、皆がつい頬をゆるませ、大神子は鼻で笑った。

「本当に愛らしい。何というか、その愛らしさを葬ることになってしまうのは私としても残念だ」

　いかにもわざとらしく残念そうに言って首を振る大神子に、再び広間に緊張が走る。

あんなに幼く愛らしい子に向かって、なんて酷なことを……誰もがそう思ったとき、タケルはそっと頷いた。

「はい、ぼくは『新月』なので、この世にぼくが存在するのは危険すぎます」

　そう言って、真っ直ぐな瞳を見せたタケルに、大神子は、何を言うのかと愉快そうに脇息に肘を置く。

「『新月』は『口にした凶事を現実にしてしまう』そんな稀有な能力を持っています。ぼくはぼく自身が持つ『新月』の力を持って、自分を葬りたいと思います」

「……どういうことだ？」

　大神子は険しい表情で、眉をひそめる。

「今から、ぼくは自分に呪いを掛けます」

　タケルは胸に手を当て、大神子を見据えた。

「ぼくは三日以内に心の臓を患い、命を落とすことになるでしょう」

大きな声でハッキリと告げたタケルに、皆は驚き目を丸くした。

「な……何を？」

「ぼくは『新月』なので、この言葉は現実となるでしょう。ですが、もし現実とならなければ、ぼくは新月ではないということの証明になります」

タケルは強い口調でそう言い、不敵な笑みを見せた。

大神子をはじめ、広間にいた神子や神官たちは虚を衝かれ、言葉を失った。

「なっ、何をそんな、屁理屈を！」

「屁理屈ではありません！」

タケルはそう言い放ち、大神子を睨んだ。強気な姿勢をとりながらも、内心、『そんな戯言《たわごと》、誰が聞くか』と今ここで斬りつけられたらそれまでだと思った。

しかしタケルには根拠はないが自信はあった。

今ここで、自分が殺されることはない。

――実は、この案は学からのものだった。

『結構、ベタな手だけど、向こうが無茶なことを言い出しているわけだから、それなりに効くと思う』

そう聞いたとき、たしかにそうだと思った。

ムチャクチャなことを言っているのは双方同じ。

さあ、大神子、ぼくは大勢の前で自分自身に呪いを掛けた。これで、あなたが直接手出しをする必要がなくなった。

――どう出る？

「……ッ」

大神子はしてやられたとばかりに唇を噛み、タケルを睨みつけた。

「そんな手に乗るものか……」

その瞬間、タケルの背後で笑い声がした。

「おもしろいではないか」

皆が振り返ると、そこには前の大神子、雛子の姿があった。

「雛子様――」

大神子ははっとしたように瞬き、雛子を見据えた。

予期せぬ雛子の来訪に、その場にいる皆はざわめき、大神子は仰天したように身を反らせた。

「雛子様、いったいどうしてここに？　さては、お前が……」

大神子は、はっとした様子でタケルを睨む。

タケルは扇で隠しながら、口もとを弓なりに細め、雛子は小さく笑う。

「建王は私の妹の孫。私も孫のように思っている。私のかわいい建王が新月の疑いを掛けられたとあっては、私も黙っていられなくてな。今日面会すると建王から聞いて、そなたがどのような決断に出るのか立ち会いにきたのだが、心配は無用だったようだ。建王は自分で素晴らしい答えを出した。自分に凶事の予言をし、新月であるなら災いを受ける覚悟をし、もし災いが起こらなければ、自分が新月ではないという証明となる。よいな、私とここにいるすべての者が証人だ」

そう言って、雛子はぐるりと周囲を見回し、大神子に視線を向ける。

大神子はグッと言葉を詰まらせ、

「わ、分かりました」

ギリリと奥歯を噛みしめながら、頭を下げた。

大広間にいる神子や神官たちは雛子の出現に驚き、互いに顔を見合わせたまま固まっていた。

若い者たちに今やずいぶんと神格化されていることを知る雛子は、皆の恐れおののいた様子に、やれやれ、と肩を上下させた。

優秀な陰陽師たちが集まるこの屋敷においても、誰よりも堂々としているのは、雛子のすぐ後ろに座る少年、タケルだった。

雛子は誇らしげな表情で、振り返ってタケルを見た。

「……よくやりました、建王。今まで生きていて、数多くの神託を降ろしてきたが、中でも小夜子に降ろした神託こそ強い確信を持っている。そなたは類稀な才能と能力を持つ素晴らしい神官だ」

「ありがとうございます」

深く頭を下げるタケルを前に、雛子は優しく微笑み、そして、大神子に視線を移した。

「――可奈子《かなこ》」

本名を呼ばれて、大神子は体をびくつかせた。

「そなたの私利私欲に走り、邪魔者を排除する姿は目に余るものがあります。もし、建王が『新月』ではないことが証明されたなら、そなたの予言は外れたことになる。よって、その力は大神子に値するものではないと判断し、大神主に報告して、大神子を降りてもらう」

「なっ！」

「もとはといえば、そなたたちが掛けた中途半端な呪いなぞにやられ、簡単に病魔に侵された私の弱さの責任でもあります」

ぴしゃりと言った雛子に、一同は驚き、顔を見合わせる。

「大神子様が、雛子様に呪いを？」

「何てこと」

という囁き声が部屋のあちこちから聞こえてきて、大神子は顔を歪ませた。

「しっかり責任は取らせてもらいます、分かりましたね。三日後、建王がまだ生きていたら、そなたは失脚です。……さあ建王、行きましょう」

雛子が大広間を出ていこうとしたそのとき、ずっと俯いていた大神子が顔を上げ、真っ赤な目を見せた。

「それで私をやりこめたつもりか、雛子！」

そう声を上げた大神子に、周囲の者たちは仰天したように目を見開いた。

雛子はゆっくり振り返り、大神子を見据える。

「『雛子様』などと囃し立てられ、何を勘違いしているか知らないが、今のそなたは、一介の神子よ、雛子。大神子の私に口出しは無用です。おとなしく病に臥していればよかったものを……」

大神子は鬼のような形相で立ち上がり、そのまま懐に手を入れて、札を取り出した。

「それは——呪詛の札！」

雛子の驚く顔を見て、大神子はニヤリと笑い、手を組み、一族間において禁忌と呼ばれる呪文を唱えはじめた。

古より続く出雲一族にはさまざまな祈禱があり、そのすべてを伝承していく。だが、教わって、次世代に伝えても、使ってはならないと禁じられているものもあった。

使ってはならぬ呪文を唱えはじめた大神子に、神官や神子たちは青ざめ、

「大神子様、なりません！」

「それは禁術です！」

と身を乗り出して、声を上げる。

「まさか皆の前で、こうも堂々と攻撃に出るとは……」

雛子は苦々しくつぶやく。

そんな雛子の横で、タケルは何も言わずにいた。

と、雛子はすぐにタケルの前に立ち、印を組みながら、大神子からの攻撃に備えようと防御の祝詞を唱える。

大神子は何体も妖《あやかし》を呼び出して、彼らにも呪文を唱えさせた。

「呼び出した妖たちも同時に呪文を唱えさせ、より強大な悪しきものを呼び寄せようとするとは……。本当に、禍々しい術に長《た》けておられる」

タケルは静かにつぶやいて、冷ややかに目を細めた。

大神子の頭上に真っ黒な影が立ち昇っていく。それは、彼女の体をとぐろのように取りまいて、大蛇の姿となった。

大神子のすぐ頭上で今にもタケルと雛子に襲いかかろうとする、邪悪な蛇神。

攻撃を前に彼女は真っ赤な舌を出して、ニヤリと笑った。

「――ッ！」

その巨大で禍々しいエネルギーを前に、皆、言葉を失っていた。

雛子の額には汗が浮かぶ。

「雛子！　そなたさえいなければ、もう怖いものなど何もない。これが別れだ」

大神子はそう言って、両手を頭上にかざし、そのまま雛子に向かって、巨悪なエネルギーの塊となった大蛇を勢いよく差し向けた。

真っ黒な大蛇は、この世のものとは思えぬ金切り声を出して、雛子に襲いかかる。

近付くだけで息絶えそうになりながら、雛子は防御を試みたものの、その蛇霊はものともせず魂を食いつくそうと接近した。

周囲にいた神子や神官たちも、その邪悪な力に体が麻痺し、その場でバタバタと失神者も出た。

雛子が死を覚悟したのを感じたタケルは咄嗟に祈禱を唱える。

そのまま戸惑う雛子の前にスッと躍り出る。

そして、『怨敵降伏祈禱法』を唱えたまま素早く印を組んだ。

「我が名は藤原建王。青龍、白虎、朱雀、玄武、勾陳、帝台、文王、三台、玉女！　臨む兵、闘う者は、皆陣列を組んで我が前に在り。今、即刻に邪悪なものを消し去らん！」

そう叫んで、手をかざして勢いよく振り下ろした瞬間、ドンッと体がのけ反るほどの風圧に部屋中の襖が吹っ飛び、目も開けられないような、眩しく真っ白な閃光が部屋を覆う。

「――っ」

皆がようやく薄目を開けられるようになったそのとき、禍々しい悪霊はまるで一瞬で焼き尽くされたように、白い煙と化していた。

部屋の中央でタケルは手を伸ばしたまましっかりと前を見据える。

その場に凍りついたような沈黙が訪れ、皆が雛子の前に立つ、小さな存在である自分に目を向けた。

タケルは眉ひとつ動かさず、冷静な表情のままだ。

渾身の術がアッサリと焼き尽くされた大神子は呆然と立ち尽くしていた。

「大神子たる者がこんなに堂々と、大勢の前で禁術を使用するとは……」

呆れてタケルが息をつくと、大神子は再びこちらへ鋭い眼差しを向けた。

「おのれ、新月！」

再び手をかざし禁術を口にした大神子に、タケルは肩をすくめた。

「べつに禁術を用いなくても、攻撃はできるのですよ」

「黙れ！」

もはや冷静さを失った大神子が、なりふりかまわず再び大蛇の霊を差し向けると、タケルは手を組み、「呪詛返し」とつぶやいた。

その瞬間、目の前に円形の鏡の幻が現れ、その大蛇は鏡にぶち当たるなり、そのまま大神子のもとへと跳ね返る。

大神子は断末魔の叫び声を上げて、その場に倒れこんだ。

「大神子様！」

大神子が死んだのではと、その場にいた神子や神官たちは血相を変えて駆け寄った。

「——神術とは……いえ、神とは鏡です。己の生き方や、やり方がそのまま結果として返ってくるだけのこと」

タケルは鏡を消し、ふぅ、と息をつくと、静かにそう言った。

「気絶しているだけです。呪詛返しをする際に悪霊の力を削ぎましたから。少しお灸を据えさせていただきました」

そう言ったタケルに、皆は言葉も出ないほどに驚き、目を見開いた。

そして恐れをなしたように、皆次々と床に額をつけるように頭を下げる。

「——それでは、雛子様、参りましょう」

タケルはニコリと微笑んで、雛子とともにそのまま颯爽と大広間をあとにした。

「建王、こちらへ」

大広間を離れ、雛子はタケルを連れて庭へと出た。

ふたりで向かい合い、しっかりと見つめ合う。

「お見事……でした」

雛子はそう言って、頭を下げた。

「ありがとうございます」

タケルはゆっくりとお辞儀をする。

「正直に言いましょう。私はそなたがこれほどの能力者だとは思わず、驚きました」

息を呑む雛子に、タケルは笑みを返した。

「これで、本当に大神子は失脚しました。次の指導者となるのは、建王、あなたです。大神官となるのです。出雲一族の大神官になるというのは、神の声を正しく聞き、皇室や国のトップに助言していく立場です。それは、ある意味、国の指導者になるに等しいこと。だというのに、今の大神子は私利私欲に走ってしまいました。それで、天が怒り、災害や世の乱れにつながったのです。業や欲や念で乱れた今の世を立ち直すのは容易なことではありません。長い時間を必要とします。この意味は分かりますね」

優しい口調で、重い言葉を告げた雛子に、タケルは再び頭を下げる。

「……はい。すべては覚悟のうえです。ここに戻ると決めたあのときから――」

まだ幼い少年の、何もかも悟ったような姿に雛子は切なく目を細める。

「建王、そなたには前世から苦労を掛けていますね。飛鳥の時代、私は斉明天皇で、そなたは孫の建王だった。各々の権力欲から世は乱れ、宮中は伏魔殿と化していた。それらはすべて太古の昔の呪いのさせたこと。そなたはその世の乱れを一身に受け、その命と引き換えに世に平安をもたらした」

そう洩らして雛子は遠くを見つめ、タケルもその目線の先を追う。

庭から空へと、飛び立つ白鷺の姿。

白鷺は、夕暮れ空へと消えていく。

雛子は、もう一度タケルに視線を移した。

「……雛子様、ぼくは前世ですべてを背負って、八つで命を落としました。その後、世に平安がもたらされたかもしれません。ですが、それはひとときのもの。あのとき、決着はつけられなかったのです。その場しのぎにすぎなかった。——今度こそ、決着をつけにいきます」

迷いのない瞳を見せるタケルを前に、雛子はそっと目を伏せた。

「……出雲へ？」

「はい」

タケルは強く頷いたあと、

「雛子様、もし、ぼくの身に何か起こったら、あとのことはよろしくお願いします」

そう言って晴れやかな笑みを浮かべ、着物を正す。

「——建王」

雛子の目に涙が浮かんだ。

「私はもう二度と、そなたを失いたくありません。どうか無事に戻られるよう、そなたが帰るまで社殿で祈願を続けましょう」

「ありがとうございます。それではいってまいります」

タケルはしっかりとした足取りで歩き出した。

4

大神子との対峙を終え、決着をつけたという報告をタケルから電話で受けた学は、その後すぐに、出雲の屋敷に向かっていた。

タケルから出雲へ来てほしい、という要望があったためであり、榊の案内のもと、真美と小夜子も同行している。

那須塩原駅から新幹線に乗って羽田空港まで行き、出雲空港に飛ぶ。なかなかの長旅であり、出雲の屋敷につく頃は、すっかり夜も更けていた。

那須の屋敷同様、まるで道場を思わせる大きな門の向こうに出雲の屋敷はあった。

敷地内に入る。松明が照らしているものの、暗がりでよく分からないが、総檜造りだという出雲の屋敷は、那須と建物の造りがよく似ている。

「今、屋敷の者たちが出迎えにくるでしょう。お疲れ様でした」

榊は、車を停めて、振り返ってそう言う。

「檜のいい匂い」

すぐに車を降りた真美は、すぅっ、と息を吸いこんだ。

その横で小夜子も「本当ですね」と同じように息を吸い、ぱちりと目を開く。

「潮の香りもします……」

「海沿いの町だからな」

学がそう答えると、小夜子は「ああ、そうでしたね」と頰を赤らめる。

「もしかして、小夜子がここに来るのは初めてなのか？」

「はい。わたくしもタケルも出雲大社へ詣でたことはありますが、屋敷までは来たことがないはずです」

学は、そうか、と相槌を打ち、横で真美が「あの……」と、小夜子に向かって、少し聞き辛そうな声を出した。

「はい」

「大国主命って出雲大社の主祭神で、縁結びの素晴らしい神様なんですよね？」

ええ、と小夜子は頷く。

「その怨念と対決するって……どういうことなのかなって？」

しどろもどろに訊ねる真美に、小夜子は微笑むように目を細める。

「真美さんのおっしゃるとおり、出雲大社におわせられる大国主命は、素晴らしい神様です。それは間違いありません。タケルが対峙しなくてはならないのは、彼が残したままの、過去の因縁から生まれたよからぬ想念――『荒魂《あらみたま》』なのです」

小夜子がそう説明すると、真美は、うーん、と唸りながら腕を組んだ。

「つまり、出雲大社に鎮座しているのは素晴らしい大国主命だけど、それとは別に、彼の因縁は残ってしまっているということですか？」

「そういうことです。その決着をつけにいかなくてはならないのです」

そう言いながら小夜子はタケルの身を案じているのだろう、切なげに目を伏せた。

話を聞きながら、学も疑問に思っていたことを口にする。

「その荒魂は、どこにあるんだ？」

「出雲大社の近くにある山だそうです」

通常は禁足地で登ることは許されない場所なのですが、と小夜子は続ける。

でも、と真美が難しそうな表情を見せた。

「ゴールデンウィークの最中、出雲大社なんて人でごった返していそう」

「朝陽が昇る時刻に行く予定なので、大丈夫ですよ。その時間は人払いもお願いしているはずです」

早起きが苦手なのか、真美は「朝陽……」と目を丸くし、その顔を見て学と小夜子は小さく笑う。

そんな話をしていると、

「学さん、真美さん、母上っ」

と、タケルの声が耳に届いた。

「タケルっ！」

屋敷から飛び出し、元気に駆け寄ってくる水干を纏ったタケルの姿に、疲れのすべてが吹っ飛ぶ気がした。

――そのあと、学たち三人は、客間に案内され、ソファにゆったりと腰を落ち着けた状態で、タケルから事の一部始終を聞いた。

大神子との対峙を話し終えたタケルは、

「内輪のことは片付きました。明日、本当の意味での決着をつけにいきます」

と、強い眼差しを見せる。

「……大国主命の因果と対峙するんだな」

学が静かに言うと、隣に座る小夜子はぎゅっと拳を握る。

タケルを心から心配しているが、それを無闇に口に出さないように耐えていることが学に伝わってきた。

早朝、まさに朝日が昇る頃。

タケル、学、真美、小夜子、榊は、『出雲大社』という大きな石碑の横にそびえる大鳥居の前にいた。

タケルと榊は水干を纏い、烏帽子を手にしている。

小夜子は白衣に白袴だ。学と真美も屋敷の者に手伝ってもらい、小夜子と同じ白衣に白袴を纏っていた。一見したところ、神社の関係者にしか見えない。

「では、参りましょう」

タケルは鳥居の前で、深々と頭を下げる。それに倣って、皆も頭を下げた。

鳥居の向こうには、広い参道が続いている。

参道の先がよく分からないほどであり、学は「さすがに広いな」と息を呑んだ。

タケルは皆の先頭を切り、参道の左端を颯爽と歩いていった。

参道では、中央が神様の通り道だから、人間は端を歩くのが礼儀だそうだ。

学はそんな話を思い出しながら、この中心に、巨大な龍が地面すれすれに行き交っている様子をイメージし、ぶるりと体を震わせた。

やがて左側に手水舎が見えてきた。皆で揃って、手と口を清める。

やがてやや小ぶりの鳥居があり、その向こうに社が見える。

「あそこは、拝殿です」

拝殿に掛けられた注連縄《しめなわ》に、学は「おお」と声を洩らした。

よく写真等で見る巨大な注連縄は、『神楽殿』というところに掛けられているそうだが、ここにある注連縄も、大きく立派なものだ。

「それでは、拝殿にご挨拶したあとに、裏の本殿を参拝しましょう」

タケルの言葉に従い、皆は拝殿の前に横一列に並んだ。

皆が手を合わせようとしたとき、タケルは思い出したように顔を上げ、神社では、基本的に二拝二拍手一拝だが、出雲大社では二拝四拍手一拝であることを伝えた。

皆で、二拝四拍手一拝をする。

拝殿への挨拶を終えて、裏の本殿へと向かう。

八足門があり、その向こうに本殿の屋根が見える。

「あそこか」

そうつぶやいた学に、タケルが答える。

「古の頃、ここはさらに巨大な神殿だったそうですよ」

タケルの到着に気付いたのだろう、普段は閉じられている八足門が大きく開いた。

タケルは深く頭を下げて、本殿へと進んでいく。

皆もすぐに、タケルに続いた。

門を潜ると、本殿が見えてくる。

門の向こうからではピンと来なかったが、あまりの大きさに学は圧倒された。

そのとき、朝陽が本殿を照らして眩しく光る。

神々しいその光景に、皆は言葉を失くして立ち尽くす。

「……どうやら、ぼくたちを歓迎してくれているようです。きっと、お力になってくれるでしょう」

再びタケルを中心に横一列に並んだ。

本殿を前に二拝四拍手をしたあと、タケルは祝詞を唱える。

先ほどとは違い、しっかりと声に出していた。その澄んだ声は、境内に優しく響く。

祝詞を唱え終えたタケルは一拝し、ゆっくりと顔を上げて、

「それでは、行きましょうか」

と、強い眼差しを見せた。

5

本殿での参拝を終えた一行は、そのまま、禁足地とされている山へと入った。

タケル、大荷物を手にした榊、小夜子、真美、学の順に続く。

山道を進んでいくにつれて、タケルはだんだんと体の重さを感じはじめた。

「…………」

苦しさに、タケルは眉根を寄せる。

背中の中心がずしんと、重く鈍い痛みを感じていた。

やがて呼吸も困難になりはじめ、背中の重みはやがて肩へと広がっていく。

――これが、今も残る怨念だというのか？

歩きながら、タケルの異変に気付いたのか、小夜子が心配そうにその小さな背をさすった。

「タケル、大丈夫ですか、顔色が悪いですよ」

「すみません、母上……とても苦しくて」

すると真美が「えっ」と振り返り、

「そんなにこの山、険しいかな？　手を引いてあげるね」

そう言って、タケルの手をつかんだ。

「辛かったら、おんぶしてあげるからね」

にこやかに言う真美に、タケルも救われた、と目を細めた。

「ありがとうございます。あなたが持つ『陽』のエネルギーに助けられます」

「陽のエネルギー？」

ポカンとして自分を指す真美に、小夜子も「本当ですね」と頷く。

「真美さん、あなたは本当に太陽のような方ですね。タケルは、あなたのその力も必要として同行してほしかったのでしょう」

「えっ、そんな」

真美は照れながらも、

「えっと、タケル君、私で力になれるなら」

とまたぎゅっ、と強く手を握った。

タケルは、ありがとうございます、と笑みを返した。


次第に道は先細り、やがて獣道となり、一行は道なき道を進んでいく。

カーカーという烏の鳴き声とともに、風の音が不気味に響く。

あれほど眩しかった朝陽が嘘のように、今は空が灰色に染まり、山の中は鬱蒼とした雰囲気を醸し出していた。

タケルは空を見上げて、険しい表情になった。

「やはり、あまり歓迎されていませんね」

「何だか、寒い」

「ああ」

強い霊感を持つわけではない真美と学も、異様な霊気を肌で感じたようで、自らの体を抱き締めている。小夜子もおそらく同じように霊気を感じているだろうが、気丈な様子で歩いていた。

このままでは、皆の体力が奪われる。

そう思ったタケルは、真美の手を離し、祝詞を唱えながら、前進した。

木陰に隠れている真っ黒な想念が、手足に絡みついてくる。

それを断ち切るように、指先で九字を切っていると、真美が不思議そうな声を出す。

「タケル君……何をしているの？」

祝詞を唱えているため、タケルがその質問に答えられずにいると、代わりに小夜子が口を開いた。

「タケルは『大祓いの祝詞』を唱え、印を描いているんです。今、かなりの霊気がここにあります。そのため不浄を祓いながらでないと、あの子は前に進めないんです」

静かに答えた小夜子に、榊が補足する。

「祝詞の効果は、その者の能力に比例します。建王様の祝詞の効果はかなりのもの。しかし、この地に残る怨念も相当なものです」

真美と学は、納得した様子で相槌を打った。

やがて、それまでの獣道が嘘のように道が拓け、広い平地に出た。

「――お待ちしておりました、建王様」

そこにはすでに出雲の神子と神官が揃っていて、祭壇の準備を整えていた。

地面には、六芒星《ろくぼうせい》が描かれ、その六点に松明が灯されている。

五芒星は魔除けの力に長け、六芒星は力を蓄えるのに長けているといわれている。

そのため神との対峙は、自らの力を増幅させる六芒星の方が最適と判断していた。

祝詞が唱えられる中、清酒と塩で土地を清めて、真っ白な敷物が敷かれた。

斎竹《いみだけ》という葉の付いた竹を四本立てて、神籬《ひもろぎ》という紙垂《しで》、斎砂《いみすな》という盛砂。斎鍬《いみくわ》、斎鋤《いみすき》、斎鎌《いみかま》が用意され、中央には檜の祭壇。

祭壇には、酒に盛り塩、月桂樹の葉が飾られていた。

頭を下げた神子や神官に、

「準備をありがとうございます」

タケルも深々と頭を下げ、振り返って学と真美を見た。

「かつて、ここに屋敷があったのです」

だが、今は何もない。

かつてここに、この国を支配した王の邸宅があったとは想像もできないような、雑木林の合間にポッカリとできた平地。

「――建王様、三種の神器を今ここに」

榊は預かり持参した、国の宝とも言える『鏡・玉・剣』を祭壇にそっと置いた。

三種の神器。

天照大神から授けられたという『鏡・玉・剣』。

日本の歴代天皇が、この国を守護すべく継承してきた宝。

所持しているのは伊勢の一族だが、実際に使うのは出雲の一族だった。

タケルは三種の神器を前に座り、地に手をついて深く頭を下げた。

タケルが祭壇の前に、その斜め後ろに榊、少し離れた後ろに学、小夜子、真美とが並んで座る。

出雲の神子と神官は、松明の下に座った。

「――それでは始めます。真美さん、学さん、何があってもこの白い布の上から出ないように。常識では考えられないようなことが起こっても、決して取り乱さないでください」

タケルが強い口調で言うと、学と真美は強く頷いた。

神子や神官たちも、タケルを中心に六芒星を描くように取り囲み、皆で手を組み、全員で大祓祝詞を唱える。

——高天原《たかあまはら》に神留《かむづ》まり坐《ま》す。皇《すめら》が親神漏岐《むつかむろぎ》神漏美《かむろみ》の命以《みこともち》て八百万神等《やほよろづのかみたち》を。神集《かむつど》へに集へ給ひ。神議《かむはか》りに議り給ひて。我《あ》が皇御孫命《すめみまのみこと》は。豊葦原《とよあしはらの》　瑞穂国《みづほのくに》を安国《やすくに》と平けく知食《しろしめ》せと事《こと》依《よ》さし奉《まつ》りき。此《か》く依《よ》さし奉りし。国中《くぬち》に。荒振神等《あらぶるかみたち》をば神問《かむと》はしに問はし給ひ。神掃《かむはら》へに掃へ給ひて。語問《ことど》ひし磐根《いはね》樹根《きね》立草《だちくさ》の片葉《かきは》をも語止《ことや》めて。天の磐座《いはくら》放ち天《あま》の八重雲《やへぐも》を伊《い》頭《づ》の千別《ちわき》に千別て。天降《あまくだ》し依さし奉りき。此く依さし奉りし。四方《よも》の国中《くになか》と。大倭《おおやまと》　日《ひ》高《だか》見《み》の国を。安国《やすくに》と定め奉りて下津磐根《しもついはね》に宮柱《みやはしら》　太敷《ふとし》き立て——。

低く高く、歌うように唱えられる祝詞が山中に響き渡り、まるで異変を感じたように鳥が飛び立つ。

祝詞を唱えられない学と真美が、祈るような気持ちで背中を見守っていることも、タケルには伝わっていた。

風はそれほど強くないのに、松明が強風に煽られているかのように轟々と音を立てて揺れている。

凄まじい緊張感がこの地を包んでいるのが分かる。

もともと薄暗かった空がみるみる暗くなっていき、まだ昼どきにもかかわらず、まるで真夜中のように真っ暗になった。

やがて驚くほどの漆黒に包まれる。夜の闇よりも暗い。

そんな暗闇の中、松明の灯りだけが残り、皆の祝詞が響いている。

どこか遠くから、鈴の音が聞こえてきた。

リーン、リーン、と。

「どこから、鈴の音が?」

動揺した様子で尋ねる真美に、小夜子が優しく答える。

「……この音は、耳に聞こえているのではなく、わたくしたちの内側に響いているのです。大丈夫ですよ。わたくしが手を握っています」

さらに強い強い風が吹き、舞い上がる砂に、タケルは目を細めた。

——よく、来たな。

突如、地の底から響くような声がした。

ようやく、出てきたな。

タケルは、息を呑みながらも、祝詞を唱えた。

——今も昔も、そなたはどこまでも忌々しい。……憎き娘、照子よ——。

「——っ!?」

その言葉に、タケルは虚を衝かれて目を見開いた。

驚きのあまり祝詞が途切れるところだった。

照子？　……ぼくが？

タケルは乱れた心を落ち着かせつつ、祝詞を唱え続ける。

——自覚がなかったか。それとも昔の話で忘れてしまったか？　そなたは何でも簡単に忘れる不届き者。私が拾い、我が子同然に育ててやった恩も忘れ、ほんの少しの神通力と色香で私の息子たちをたぶらかし、私を息子に殺めさせ、女王の座に居座った。欲にまみれた浅ましくも忌々しい欲深な娘よ——。

それは、地獄の底から響くような低い声だった。

思いもしなかった前世を知らされ、タケルの額に冷たい汗が滲む。

……ぼくが『妃神子』だったんだ。

それで、だったのだ。自分が因果を背負わなければならないわけが分かった。

飛鳥時代、中大兄皇子という権力者の息子に生まれながらも、口が利けない障害があったのも、前世が妃神子であったが故。

幼い身ながらも大国主命の想念で乱れた世を清浄にするために、自分が一手に引き受けて他界したのも、前世の因縁を背負ってのこと……。

今世において、こうして再びここに対峙しなければならないのも、自分が妃神子だったからなのだ。

古からの因縁。それは自分自身のものだった。

自分で、絶たなければいけなかったもの。

タケルは祝詞を唱えながら、草薙剣《くさなぎのつるぎ》をしっかりと手に取った。

――その剣で私の怨念を断ち切ることができるとでも？

そんなことをして、何になろう。今の世は再び乱れておる。これからも乱れるであろう。

皆の脳裏に、真っ黒な影が浮かび上がった。

それは、ここに残された怨念。巨大な黒い塊。因縁と怨念が渦巻いた影。

「建王様、その剣には呪いを封じ、切り裂く力があります！　あなたならできます！　怨霊を切り裂いてください」

正宗がそう声を上げた。

――再び、建王という名を名乗るとは……そなたはかつて自分の命を使って私を封じた。今回もそうするのか？　何度でも封じるがいい。私は、何度でも蘇ろうぞ。

嘲笑うような口調だった。

この剣でこれほどの怨霊を封じこめたならば、間違いなく自分の魂も持っていかれる。

前世もそうして相打ちとなったのだ。

今世も命を賭して封じるしかないのだろうか？

……何度、同じことを繰り返せばいいのだろう?

タケルは剣を握り締めた。

そのとき、「タケル!」と学が声を上げた。タケルは我に返り、動きを止める。

「決着をつけるのは、お前じゃない! 照子が決着をつけなければ意味がない。今のタケルや前世の建王が対峙しても同じことを繰り返すだけじゃないのか!?」

その言葉に、『父に知恵を借りる』という神託がタケルの脳裏を過る。

あの神託は、このことを指していたのかもしれない。

そして……そうなのだ。

前世の魂を引き継いでいるとはいえ、人格は別物。今の自分が、彼と対話しても、解決にはならない。照子の人格を呼び寄せなければならないのだ。

タケルはすぐに印を組み、自分の前身である照子の人格を呼び寄せた。

しかし照子はまるで拒否するように、その陰を潜めた。

タケルはつかめそうでつかめない照子の人格に、苛立ちを覚えた。

どうして、逃げる? あなたが前に出なければ、何の解決にもならないんだ。

照子!

タケルは手を合わせ、必死で照子を呼び寄せた。

なぜ、自分が前世には口が利けない障害があったのか……。それは照子が望んだことなのだ。

もう二度と神託を降ろしたくはないと思った。

タケルの中に、照子の感情が少しずつ蘇るのを感じた。

――女王となり悦に入る日々も束の間。毎夜、悪夢に襲われた。

止まらない咳、何かに蝕まれたように痛む体。毎夜、現れる父の怨霊。

『お父様、もう勘弁してください。私はもうすぐ死にます。次に生まれ変わるときは決して出しゃばらず何も求めません。神託など降ろせぬ体に生まれ変わります。だから、もう勘弁してください』

苦しみもがいて息絶えた照子。

そうして生まれ変わり、飛鳥時代、中大兄皇子の息子、建王として生まれ変わったときは口が利けず、謙虚な少年に生まれついた。それでも怨念は続き、それを封じて自分も息絶えた。

そして長い長い時を経て、今世に……。なぜ、今も続くのか……。

『お父様、もう勘弁してください』

と言った照子の言葉がタケルの脳裏に響いた。

そうだ。

照子は一度として、父に詫びてはいなかった。父の執拗な怨念に懲りながらも、その怨霊を封じたいと思うばかりで、謝罪する気持ちなど欠片もなかった。

血のつながらぬ子を我が子のようにかわいがった父。どれほどの愛情を注いでくれたか考えもしなかった。

血のつながらない子に愛情を……。

タケルは、はっとして振り返って、学を見つめた。

学は少し驚いたような顔を見せる。

自分がどうして、彼のもとに行くことになったのか、今、分かった。

自分が受けた愛情の素晴らしさを知る必要があったのだ。

彼のもとに身を寄せるとき、少なからず自分は不安だった。彼にとって自分は下手をすれば憎しみの対象になりかねない存在であることを分かっていたからだ。

辛く当たられることも覚悟していた。

しかし、彼は自分を大切に慈しんでくれた。無償の愛を与えてくれたのだ。

それは幼い頃、大国主命が照子に見せた優しさそのものだったのだ。優しく微笑む学の姿と、笑顔で幼き照子を抱き上げる大国主命の姿が重なる。

父である大国主命がかつて見せてくれた優しさを思い出すために、自分は彼の所に行く必要があったのだ。

いや、その前からなんだ。

母が婚姻の儀で逃げ出し、学の所に行ったのも、また、学を裏切るような形で父と間違いを犯し、ぼくを授かったのも、そして再び、学のもとに身を寄せることになったのも、すべて、自分に気付かせるための森羅万象の思《おぼ》し召し。

学に出会わなければ、受けた恩を永遠に忘れたままだったかもしれない。

父から受けた愛情も恩義も忘れて自らの強大な力に酔い、父を裏切り国を奪い女王の座に居座った。妃神子がやがて、『卑弥呼』――長引く卑しさを呼ぶという漢字で定着したのも無理はない。

元凶は自分にある。

すべて、自分、だったんだ。

タケルは剣を置き、祝詞を唱えるのをやめ、ゆっくりと両手を着き、頭を下げた。

しんとした静けさが襲った。

「お父様……」

タケルの口から出た言葉なのか、それとも内に響いている言葉なのか。

それは、大人の女性のような声だった。

徐々に頭を下げるタケルの上に、若い女性の影が重なっていく。

「竹林に捨てられていた私を拾い育ててくださり、慈しみ愛してくださった恩も忘れ、自分の力に酔い、周りにおだてあげられ、傲り、いつしか権力欲の塊となっておりました。

誰よりも神託能力に長けたこのわたくしこそ、世を治めるにふさわしい、神に選ばれたのだから突き進むしかないと、そのための犠牲はつきものなのだと自分に都合のよい理論で武装し、あなた様を死に至らしめました。そしてあなた様の怨念に苦しんでいる間すら、心から詫びる気持ちにはなりませんでした」

タケルに重なる女性の影が色濃くなり、やがてはっきりとした姿を見せる。

彼女が照子なのだろう。

タケルはまるで、一歩後ろで見ているような、奇妙な感覚を覚えながら照子のすべてを感じ取っていた。

照子は、小夜子に容姿が似た、とても美しい女性だった。

前世の照子と今世のタケルが融合し、懺悔を口にしている間、大国主命は一言も発しなかった。

照子は頭を下げたまま、涙を流す。

「私の神通力で素晴らしい国を作りたいと思っていました。それがどうして、あなたを失脚させることにつながったのか……今、後悔しております。どうして父であり、恩人であるあなたを立て、あなたの片腕となりともに素晴らしい国を作れなかったのか。私は本当に罪深き、愚かな娘でした。お父様……」

古から続き、決して気付かなかった──いや、目を背けてきた自分の罪を受け入れた照子は泣き崩れる。

やがて、真っ黒なすすの塊のようだった大国主命の影が薄くなっていく。

それと入れ替わりに黒い霧の中が晴れるかのように、白い羽織に黄金の袴、瑠璃の首飾りをした初老の男性が姿を現す。

横長の細い両目から涙が溢れ出ていた。

大国主命は何も言わずに手を差しのべる。照子は涙を流したまま、その手を受け取めて、微笑んだ。

その瞬間、強い風が吹き木々の葉を巻き上げた。

轟々と音を立てていた松明が、一瞬で消える。その煙とともに、大国主命と照子の姿が消え去った。

静けさがその地を包む。

木々が擦れる音だけが、響き渡っていた。

6

側にいた出雲の神子や神官たちは、緊張感に汗だくになりながら、顔を上げた。

「――どうやら終わったようですね、建王様。お見事でした」

皆が口々に讃えるもタケルは、正座をし、手を合わせたまま、ピクリとも動かない。

学は、眉根を寄せて、

「タケル？」

と、その体に手を触れると、タケルはそのまま倒れこんだ。

その顔は真っ青で生気がなく、真美は、きゃあ、と泣き声のような悲鳴を上げる。

「タ、タケル君、もしかして道連れに？」

「静かに！」

と、学はすぐに脈を確認する。

「……大丈夫、意識を失くしているだけみたいだ」

その言葉に、皆は安堵の息をついた。

「よくがんばりました、タケル。精も根も尽き果ててしまったのでしょう」

小夜子は涙を浮かべながら、タケルの体を抱き寄せ、その頭を撫でた。

「俺たちにも霊の声や姿を感じさせたくらいのパワーだ。それを一身に受けてたタケルには相当堪えただろうな。がんばったな、タケル」

学は小夜子の腕から、タケルを受け取り、そっと抱き上げる。

「本当によくがんばったわね、タケル君」

真美も涙目でタケルの頭を撫でる。

「それでは、戻りましょう」

皆は立ち上がり、その場をあとにすることとなった。

——しかしその後も、タケルは目を覚まさなかった。

最終章　未来を照らす光

1

出雲の屋敷に戻っても、タケルは眠り続けたままだった。

体には点滴がつながれている。布団に横たわり眠り続けるタケルに、学は心配そうに目を細める。

「私はもうすぐ帰らなきゃいけないのに、タケル君……いつ目を覚ますのかしら」

真美もタケルの傍らに座り、息をついた。

「俺はもうしばらくここに残るよ」

「えっ？　学校始まりますよ？」

真美は、戸惑った様子で目を瞬かせる。

「大学は少し休んでも大丈夫だし、せめてタケルが目を覚ますまでは……」

「それじゃあ、私も」

そう言いかけた真美に、学は即座に首を振った。

「駄目だよ、真美ちゃんのご両親は心配するだろうし、君はまだ高校生だろう」

しゅんとして俯く真美の横で、小夜子が手ぬぐいでタケルの顔や首を拭いている。

「屋敷のお医者様が言うには、体に異常はないそうなんです。なのに、どうして目を覚まさないのか……。もうすぐ雛子様が来てくれるそうなので、何か変わるといいですが……」

「あのすごい人が来てくれるなら心強いですよね」

真美は、期待に目を輝かせて、胸に手を当てる。

そのとき、背後から低い女性の声が響いた。

「期待してもらえるのは嬉しいが、いささかプレッシャーだな」

振り返るとそこには、白衣に朱色の袴、水晶の首飾りをした女性がいた。

一重瞼のあっさりした顔立ちで、凜とした美しさに言い知れぬ貫禄を漂わせている。

話には何度も聞いていたが、会うのは初めてである学は、雛子の迫力に気圧された。

「雛子様……よくお越しくださいました」

小夜子は畳に手をついて、深々と頭を下げる。

学もゆっくりと頭を下げ、真美も慌てたように頭を下げていた。

「そなたは宮下の……吉雄の孫だな」

「は、はい、真美と申します。先日はアドバイスありがとうございました」

真美は耳まで真っ赤になりながら、再び頭を下げた。

「自ら行動を起こし稀有な経験を手に入れましたね。そなたはこれからもタケルの力になってくれるでしょう」

雛子はそう言って畳に膝をつき、今度は学を見据えた。

「これは……男性でありながら、観音菩薩の魂を持った方ですな」

「観音？」

と学は、目をぱちりと開いた。

「ええ、すべてを慈しみ許し、包みこむ魂をお持ちです。観音菩薩が背後についておられる。おそらくは、あなたの母君がそのような方だったのでしょう。あなたは母君が残された光に包まれている。……頑なに自分の力を誇示し続け、父である大国主命を打ち負かすことしか頭になかった妃神子が自分の非を認め、大国主命と手を取り合い浄化できたのは、あなたの魂に触れたからなのですね。私からもお礼を言わせてください。ありがとうございました」

雛子は深々と頭を下げた。

「いえ、自分は何も……」

学は戸惑いながら、首を振る。

「観音菩薩が神官を助けるとは……。その昔、神の国に仏教が入り、神と仏が争い南北朝争いに発展したことがある。どうして神々が手を取り合えなかったのか……。しかし、今この時代に観音が神官を助けたとなると、未来は明るいのかもしれないな」

最後は独り言のようにつぶやいた雛子の言葉を、学は理解できずに眉をひそめた。

雛子は、そんな学をじっと見つめ、ふふっと笑う。

「――謙虚で誠実、そして容姿も美しい。小夜子が夢中になるのも頷ける」

その言葉に今度は小夜子が顔を赤らめ、真美は露骨に口を尖らせている。

小夜子はすぐに気を取り直したように、雛子を見つめて尋ねた。

「あの……雛子様、タケルは……」

「うむ……」

雛子はタケルの額に手を当てた。

「今までのタケルの意識は、半分照子とともにあった。それが故に、幼子らしからぬ才覚と言動があったのだ。今回のことで照子の念が完全に浄化してしまい、残されたタケルだけの意識が内部で漂っている。……目を覚ますであろうが、それは以前のタケルとはまったく違う、真のタケル――つまりただの五歳の少年となる。照子と共有してきたこれまでの過去の記憶も、あやふやなものとなるだろう」

その言葉に、学は息を呑んだ。

五歳の少年とは思えぬ理知的な言動に、行動力。あれらはすべて、前世の念と共有してきたからだったのだ。

「もう、もとのタケルには二度と会えないんですか？」

タケルの頭を撫でながら訊ねた学に、雛子は「おそらく」と頷いた。

「そんなっ」

真美は目に涙を浮かべ、口に手を当てた。

学の目頭も熱くなる。

もう、あのタケルに会えることはないのだ。あの少年は、幻の存在となってしまった。

それでも――。

「……次に会うタケルが、本当のタケルなんだな」

学が自分に言い聞かせるように、そうつぶやくと、

「そうですね」

と小夜子もゆっくり頷いた。

「――それでは、タケルを呼び起こしましょう」

雛子は両手をタケルの額に伸ばす。

一見したところ、ただ手をかざしているだけだった。しかし掌が光ったような気がし、錯覚かと学は目を凝らす。真美も目を擦る。

相当な体力を使うのか、雛子の額から玉のような汗が溢れ出た。

「……？」

やがてタケルはゆっくり目を開け、雛子は安堵の表情を浮かべ、小夜子は口に手を当てた。

「……母上」

甘えたような声を出すタケルに、

「タケル、よかった……」

と、小夜子は涙を滲ませて、その体を起こし、抱き締めた。

「タケル、本当によかった」

学も嬉しさに身を乗り出すと、タケルは少し身を強張らせ、

「こ、こんにちは」

まるで、初めて会った人に挨拶するように、小夜子の胸に顔を半分隠して、挨拶をした。

それは、ごく普通の、五歳児の反応だった。

過去の記憶があやふやになった今、タケルの中に自分の記憶はないのだろう。

学は切ない気持ちを抱きながらも「……こんにちは」と返す。

「よくがんばったな」

その頭を撫でると、タケルは何のことか分からないようでキョトンとした顔を見せていた。

本当に覚えていないんだな。

それでもいい。よくやったな、タケル。

学は苦い気持ちを押し殺して、微笑んだ。

「――タケルの意識も戻ったし、俺たちは明日帰るよ」

「学さん……いいんですか？」

真美は驚いて身を乗り出し、小夜子は承知したように会釈した。

タケルだけが何も分からない様子で皆の顔を不思議そうに眺めていた。


その夜、屋敷で盛大な送別会が行われた。

学は宴を楽しむ皆を眺めながら、今まで起きたことのほとんどを忘れてしまったタケルが宴会の席で無邪気な笑顔を見せている姿に複雑な思いを抱きながらも安堵する。

家に帰ったら信治の見舞いにいき、すべてを伝えよう、と学は思っていた。

ふと小夜子の姿がないことに気付き、用を足しに行く素振りをしながら大広間をあとにした。

月明かりが照らす庭に目を向けると、つつじの花の中心に小夜子の姿を見つけた。

「小夜子……こんな所で何を？」

勝手履きを履いて外に出ると、小夜子は恥ずかしそうに俯いた。

「先日、ここで学さんに再会できたことを思い出しまして……」

そうつぶやいて、深く頭を下げる。

「この度は本当にいろいろとお世話になりました」

「驚きの連続だったけど、俺も楽しかったよ」

学は、信治がタケルを連れてきた日から今までを振り返り、本当にいろいろあったけれど楽しい日々だった、と夜空を仰いだ。

「今までは学さんと過ごした日々を思い出に過ごしてきました。これからは学さんに再会できた喜びを胸に生きていこうと思います」

小夜子は目に涙を浮かべながら、美しい微笑を見せた。

「――小夜子。俺は帰ったら、まず信治に会いにいこうと思うんだ。あいつもいろいろ辛かったことが分かったし、タケルのことも詳しく聞きたいだろうから、教えてやろうと思う」

そう話す学に、小夜子は切なげな表情で相槌を打つ。

「そして、正式にお願いしようと思っている」

「えっ？」

「小夜子とタケルを見守りたいと信治に報告して、その許可をもらいたい」

小夜子は絶句して大きく目を見開き、学はそんな小夜子の腕を優しく引き寄せ、強く抱き締めた。

「小夜子、あと一年で俺は卒業する。そうしたら、迎えにくるから待っててほしい。どんなに反対されても、何があっても俺は小夜子とタケルを迎えにくるから。屋敷を出ることができないなら那須に……ふたりが住む近くに就職する。とにかくどんな手を使っても小夜子とタケルの側にいるから」

　小夜子は目を見開いた。

「そんな……学さん」

「本当はひとときだって離れたくない。でも、あと一年待っててほしい」

　学は腕に力を込めた。

「あ、ありがとうございます、何もかも諦めていました。嬉しくて苦しいです……」

　小夜子は涙を零し、背中に手を回すと、学はそんな彼女の頬に手を当て、唇を重ねる。

　そんなふたりを月明かりが優しく包んでいた。

2

　寄り添うふたりの姿を屋敷から眺めていた真美は徹底的に落ちこみ、膝を抱えた。

　前はこうして落ちこんでいたら、タケル君が慰めてくれたのに……。

　もう、あのタケル君にも会えないなんて。

　真美の悲しみはさらに増し、目に涙が浮かぶ。

「――失恋は初めてか？」

頭上に響いた雛子の声に、真美はビクッと体を揺らした。

「雛子様……」

真美は、慌てて涙を拭う。

「それでも、そなたは素晴らしい経験をした。この悲しみも含めてな」

その言葉に、真美の頭に以前、雛子が自分に伝えてくれたメッセージが過る。

『城の中で閉じこもりただ待っていても騎士が来ることはない。欲しいなら自ら動くこと、そしてその経験は宝になるであろう』

そうなんだ……。

きっとこの経験が自分を大きく成長させる。

今も感じる胸の痛みはそう簡単には癒せないのだろうけれど……。

それでも今、私はよい経験をしたと思えている。

真美が溢れる涙を必死で拭っていると、雛子が肩に手をのせた。

「今日、大神主の審議により、今の大神子が失脚することが決定した。タケルを大神官にと思っていたのだが、いまやただの五歳児に戻ってしまったので、あの子を今すぐに大神官に据えることは難しくなったしな」

「あの、もう二度と、タケル君はあのときのタケル君には戻らないのですか？」

「タケルの能力は眠っただけの状態だから、歳を重ねるごとに、あのときの才覚を発揮するようになるであろう。だが、あの頃の記憶が戻るかどうかは難しいかもしれないな」

「そうですか……」

真美はガッカリしながらも、タケルが再び、あのときのタケルに成長していくことを想像し、嬉しくも感じた。

「あの子が大神官の器に成長するまで、しばらくは私が復帰しようと考えている。タケルの本領が発揮されるのは数年後のこととなるだろうが……。あの子が大神官になる頃、政界のトップに立つ宮下家とも関わりを持つ。そのときはどうかよろしく頼んだぞ」

雛子はそう言って、優しく真美を見下ろす。

真美は戸惑いながらも、ゆっくり立ち上がり、「はい」と強く頷いた。

3

翌朝、学と真美は屋敷の運転手が東京まで送り届けてくれることになった。

外に続く大きな門の前まで、小夜子やタケル、雛子、そして屋敷中の神子や神官が見送りに出てきてくれる。

「いろいろと、お世話になりました」

学が頭を下げると、

「こちらこそ本当にお世話になりました」

小夜子や雛子が、そう言って深々と頭を下げた。

学は小夜子を見つめ、必ず迎えにくるから、と小声で囁いて手を強く握った。

小夜子は頰を赤らめながら、その手を握り返す。

すると、雛子は愉しげに笑った。

「どうかふたりを迎えにきてあげてください。そして、タケルに大神官としての能力が目覚めるまで、どうか側にいてあげてください。タケルはあなたの慈悲深い魂に触れることで素晴らしい影響を受けて、成長するでしょう」

何もかも見透かされていたことに驚いていると、雛子は笑って、

「これは神通力ではなく、昨夜、真美とともに盗み聞きしておりました」

と悪びれずに答えた。

学は気恥ずかしさを感じながらも、認めてもらったことに安堵して会釈する。

そのまま、タケルの前にしゃがみこんだ。

「……タケル、しばらく会えないけど、元気でな。必ず迎えにくるから。そしたらまた遊ぼうな」

すべて覚えていないことを承知でそう告げた。

タケルはやはり不思議そうな表情を浮かべて、小夜子の着物の裾をつかんで、顔を半分隠す。

タケルの才覚が成長とともに発揮されるということは、学も聞いていた。

いつか、あのときの聡明な瞳を見せるタケルに成長するのだろう。

記憶が戻らなくても……。

学は小さく笑って、またタケルの頭を撫でて立ち上がった。

「それでは本当にお世話になりました」

学と真美は頭を下げ、門の外で待つ車まで歩き出そうとした。

タケルは小夜子の着物の陰に隠れながら、学たちを見送っている。

そのとき、タケルがつぶやいた。

「……母上?」

「何ですか?」

「あの……ぼくは海で遊んだことがありましたか?」

「いえ、ないですよ」

小夜子は穏やかに首を振る。学は背中越しにその言葉を聞き、振り返った。

「そうですよね、海は見たことしかないのに……」

タケルはそう言って、目を閉じた。

「ぼくは海で遊んだことがあるんです」

「えっ？」

「空と海が橙色で、きらきらと光っていて、冷たい海は気持ちよくて、砂と一緒に動くんです。そして……そして……」

そう話しはじめたタケルに、学は言葉を詰まらせた。

タケルはそのままこちらへ走ってくると、学の腰にしがみつく。

驚きの中、学が見下ろすと、タケルは目を潤ませて顔を見上げてきた。

「ま、また……」

タケルは息を切らし、

「……また、海に連れていってください！」

ボロボロと涙を零しながらそう叫ぶ。

「タケル！」

学の目にも涙が溢れ、そのまま強くタケルを抱き締めた。

「約束する。必ずまたあの海に連れていくよ」

タケルの記憶がすべて戻ったわけではない。断片的に残っていただけだ。

それでもふたりで過ごした日々はタケルの奥底に残ってくれていた。

学は胸を熱くしながらタケルを抱き締め続け、その姿に小夜子も涙を流した。

「……やはり父となる宿命なのでしょう」

雛子はふたりの姿を見ながら、嬉しそうに笑みを湛える。

真美ももらい泣きしながら、タケルの肩に手をのせた。

「知ってる？　タケル君、あなた前に私をお嫁さんにしてくれるって言ってたのよ」

「えっ？」

タケルは仰天したように目を見開く。

真美はガックリする気持ちを抑えながらも、胸を張った。

「いいのよ、覚えてなくて。あなたのお嫁さんになるつもりはないし。ただね、私は祖父や父の跡を継いで政治家になることにしたの。いずれ大神官となって国を動かすあなたの力になりたいのよ。今までのことは忘れていてかまわない。でも、今から私のことを覚えておいてね。――私は宮下真美。将来必ず、あなたの役に立ってみせるわ」

そう言って晴れやかな笑顔を見せた真美に、タケルは少しの間戸惑いの表情を浮かべていたが、やがて、しっかりとした顔つきを見せた。

「――はい。よろしくお願いします」

そう言ってタケルは頭を下げる。

真美は嬉しさに、また目に涙を浮かべた。

学と真美は、あらためて礼を言って、車に乗りこんだ。

学は後部座席の窓を開けて、切ない表情を浮かべる小夜子とタケルを見つめる。

「一年後の春な」

「――はい」

小夜子は涙目で頷く。

そう、桜が咲く頃、ふたりを迎えにこよう。

いずれ、成長したタケルは大神官になるであろう。なるべく早くにタケルのもとに身を寄せ、未来を担う少年に、しばしの休息を与えることができたら……。

あどけない表情を浮かべるタケルを見ると、以前のタケルのような才覚を発揮するまで、まだ時間が掛かると思われた。

だが、それでいいと、学は微笑む。

普通の子どもとして、うんと、楽しい思い出を作ってあげたい。生き生きと過ごしてほしい。

「雛子様もどうか、お元気で」

そう言った真美に、雛子は「ああ」と頷く。

「ああ、私は、出雲一族の立て直しに尽力しなくては」

出雲一族の争いは神々の怒りに触れ、災害が起こり、世は乱れた。

一度壊れはじめたものは、たとえその元凶が取り除かれてもなかなか立て直すのは難しいだろう。震災の後の復興が難航するように。その後はほんの少しの揺らぎで、もろいものがどんどん崩れていく。

それでも……未来に希望はあるだろう。

古の怨念が浄化されたのだから——。

車はやがて、未来に向かうように走り出した。

主要参考文献

『安倍晴明読本』豊嶋泰國著　原書房
『暦と占いの科学』永田久著　新潮社
『神道大祓全集　―龍神祝詞入り―』中村風祥堂発行
『安倍晴明と陰陽道』長谷川卓＋冬木亮子著　ベストセラーズ
『神道と日本人　魂とこころの源を探して』山村明義著　新潮社
『本当はすごい神道』山村明義著　宝島社
『平安貴族の生活』有精堂編集部編　有精堂
『陰陽五行と日本の民族』吉野裕子著　人文書院

本書はフィクションであり、実在する団体・人物・宗派とは一切関係がありません。

託《たく》された子《こ》は、陰陽師《おんみようじ》!?

出雲《いずも》に新月《しんげつ》が昇《のぼ》る夜《よる》

望月《もちづき》麻《ま》衣《い》

2019年5月5日初版発行

発行者……千葉 均
発行所……株式会社ポプラ社
〒102-8519 東京都千代田区麹町4-2-6
電話……03-5877-8109(営業)
03-5877-8112(編集)
フォーマットデザイン 荻窪裕司(bee's knees)
組版・校閲 株式会社鷗来堂
印刷・製本 中央精版印刷株式会社

ポプラ文庫ピュアフル

ホームページ www.poplar.co.jp

N.D.C.913/287p/15cm
ISBN978-4-591-16291-0
P8111274